鋼殻のレギオス
CHROME SHELLED REGIOS
24 ライフ・イズ・グッド・バイ
あるのはただ、目の前にあるものだけだ。
身を染める炎で地平を焼く、
巨大な獣だけだ。

「このアルシェイラ・アルモニスが来たからには万事だいたい解決したも同然よ」

剄羅砲による支援射撃で、
炎と火獣を一掃する。
一歩間違えればレイフォンを
巻き込みかねない
危険な作戦だった――。

外力系衝剄の連弾変化、轟剣・七支！
「邪魔をするなら、
僕は全てを薙ぎ払う。
それだけだ」

「先輩……どうしてここに？」
「いいな、そういうのは嫌いじゃない」
定められた雷迅の方向が変わった。

「じゃあ、元気で」
出発の時間が来たようだ。
放浪バスの乗降口は開き、
人々が動きだす。

鋼殻のレギオス24
ライフ・イズ・グッド・バイ

雨木シュウスケ

ファンタジア文庫

2032

口絵・本文イラスト　深遊

目次

時間 〝レギオス〟をめぐる事象と人物

〝レギオス〟に関わるさまざまな事象を時間軸に沿って図式化。イレギュラーが発生している部分もあるが、大局的な流れを紹介する。

歴史の流れ

レジェンド・オブ・レギオス

聖戦のレギオス

鋼殻のレギオス

すべての始まりの物語

『鋼殻』よりも遥か昔の時代。人間以上の能力を手に入れた人々（異民）とその関係者たちは、それぞれの望みを果たすため敵対者と戦っていた。その結果として「自律型移動都市」のある世界が生まれ、この時代の戦いの因縁は後世にまで引き継がれることになる。

ミッシングリンクを結ぶ存在

特殊な事情によって生まれた存在「ディクセリオ」が体験する数奇な出来事の記録。時間を越え、さまざまな場所で活躍する彼だからこそ知り得る事実も多いため、前後の物語を参照すると新たな発見があるはずだ。特に最期のシーンは、後世にとって重要な意味を暗示している。

交錯する運命の終着点

汚染物質や汚染獣の脅威と戦いながら必死に生きる人類。だが、その歴史に隠された「世界の真実」を知る者はごく一部だった。人間として当たり前に笑い、泣き、人生を謳歌するはずだった人々の前に過酷な運命が立ちはだかり、そして……。

シリーズの関係性

詳細なエピソード

間接的な関連

複数のシリーズで描かれている事件やキーワードをピックアップ。また、それに関係する人物も併記する。

活動し続けるナノセルロイドたち

ソーホ(イグナシス)
レヴァンティン
カリバーン
ドゥリンダナ
ハルペー

当初は人類の守護者だったナノセルロイド。だが、創造主のソーホがイグナシスとなった後は、ハルペー以外は人類の敵となる。

強欲都市ヴェルゼンハイム崩壊

アイレイン、サヤ
ディクセリオ、狼面衆

都市崩壊のその日、何が起きたのか。『レジェンド』ではアイレイン視点、『聖戦』ではディクセリオ視点という異なる切り口で事件が語られる。

「レギオス世界」誕生の経緯

アイレイン
サヤ
エルミ
イグナシス
ディクセリオ

人類をイグナシスから守るため、エルミとサヤは新しい亜空間に「世界」を作った。アイレインはそれを見守り存続させるために月に上る。

白炎都市メルニスクの過去と現在

ディクセリオ
ニルフィリア
リンテンス
ジャニス
デルボネ
ニーナ

ディクセリオはメルニスク崩壊時に居合わせた人物の1人。この事件で都市は廃墟となり、廃貴族と化した電子精霊は後にニーナと同化することになる。

イグナシスの出現と暗躍、そして……

ソーホ(イグナシス)
ニルフィリア
ディクセリオ

魂だけの存在だったイグナシスは、ソーホの肉体を乗っ取ることで現実世界に降臨。人類の消滅を画策するものの、ゼロ領域に閉じ込められ……!?

過去のツェルニ・第17小隊誕生

ディクセリオ
ニルフィリア
ニーナ
シャンテ
アルシェイラ
リンテンス
レイフォン

ディクセリオは学園都市ツェルニで学生として暮らし、仲間とともに新小隊を設立。幼いニーナたちと遭遇したり、彼と縁の深い人物を幻視するなど、時間を越えた体験を積み重ねていく。

空間

隔てられた2つの世界

“レギオス”に関わる物語は、異なる2つの空間を主な舞台としている。今一度その関係を整理し、ストーリーへの理解を深めよう。

レジェンド・オブ・レギオスの世界

滅びかけた地球と隣接する亜空間が舞台

人口増加に伴う諸問題を解決するため、人類は亜空間で生活する道を選んだ。だが、それは絶縁空間と異民化問題を生み、別な意味で存亡の危機を迎える結果に。やがて、イグナシスの計画によって人々の住む亜空間が破壊され、全人類は肉体を失うことになる。

↑ 数ある亜空間のうちの1つ

↓ 人間にとっては不可知の領域

聖戦／鋼殻のレギオスの世界

人類再生のために作られた特別な亜空間

エルミとサヤは、新しい亜空間の中に人類の居住地と肉体を作った。その器に旧人類の魂を入れることで人類再生を図ったのだ。これが「レギオス世界」であり、グレンダン王家など一部の人々はこの事実と血筋を伝え続けることで「やがて来る災厄」に備えている。

プロローグ

振《ふ》り返らない背がそこにある。

背後でなにが起こっているのか、それを見ることなく、ただただ前を見続けている背中がある。

正面に展開する巨大《きょだい》な獣《けもの》と、その獣から湧《わ》き上がる炎《ほのお》を見上げて動かない姿がある。

引き締《し》めていた唇《くちびる》を少し開ける。

「……呼吸は問題ない」

微《かす》かに吸い込んだ大気の味を確かめる。熱せられ乾燥《かんそう》しきった大気の味は苦かった。

『あの獣の炎が周辺の汚染《おせん》物質のほとんどを消費しています』

聞こえてきた声はシュナイバルだ。

『いまなら、外に出ても問題はありません。なにかあった場合も妾《わらわ》と他《ほか》の電子精霊《せいれい》とで連係してエアフィルターを拡張することで対応できるでしょう』

「そうか」

頭に直接響《ひび》くその声に、頷《うなず》く。

都市外装備の準備に慌《あわ》てる必要がないということだ。面倒《めんどう》がなくていい。いまの状態で、都市外装備を提供してくれる者を探すことに手間をかけたくはなかった。

様々な現象が様々に起きているが、それら一つ一つに驚《おどろ》く気持ちもない。

いま、彼女の心は一つで占《し》められていた。

ただ前を見て、ただ走っていたかった。

握《にぎ》りしめた二本の鉄鞭《てつべん》に自分の気迫《きはく》、精力の全《すべ》てを注ぎたかった。

余計なことはなにも考えたくないし、やりたくなかった。

いまここにある戦場を全てにしたかった。

だから、背後は見ない。

そこになにがあるかは見ない。

あるのはただ、目の前にあるものだけだ。

身を染める炎で地平を焼く、巨大な獣だけだ。

ニーナに見えているのは、それだけだ。

「あの獣が最後です」

「わかった」

短く頷くニーナの心にはなにもよぎらない。

あの獣が最終目標であることさえ確認《かくにん》できれば、後は他になにもいらない。

「覚悟《かくご》はよろしいですか？」

「覚悟？」

おかしなことを聞くと、ニーナは思った。

「わたしを疑っているのか？」

「いまさら、疑うことなどありません。ジルドレイドがあなたを選び、彼を選んだ妾の子たちもあなたを選んだ。あなたは妾たちの最後の希望」

「それなら、そんなことは聞くな」

「そうですね。愚問《ぐもん》でした」

シュナイバルの謝罪の言葉も聞き流し、ニーナは前を見つめ続ける。

己《おのれ》の中で高まり続ける勁《けい》を確かめている。

彼女の飛び出す瞬間《しゅんかん》は刻一刻と近づいている。

そんな彼女の背後にシュナイバルはいる。

転移によって現れる無数の自律型移動都市《レギオス》の中に、仙鶯《せんおう》都市の姿はない。彼女は電子精霊のその身一つでこの戦場に舞《ま》い降りていた。

「愚《おろ》かな子たち」

誰《だれ》にも聞こえない声でシュナイバルは呟《つぶや》く。

ニーナにも聞こえていない。彼女は前にばかり必死で、背後にシュナイバルがいることにさえ気付いていない。

シュナイバルの呟きは彼女の視線の先、無数の都市たちにむけられていた。

全ての電子精霊の母であるシュナイバルの計画を疑い、自分たちで戦いを始めた電子精霊たちを、彼女はそういう風に見た。

なぜならば、この戦いに向けての仕組みは全て組み終わっている。

シュナイバルはあの獣の正体がなにかを知っているし、ニーナとの関係も知っている。

あの獣の正体のさらに奥にある因果もある程度は理解している。

その上で、ニーナはこの場に立っている。

「無用の心配とはまさにこのことだというのに」

人類、そして電子精霊の勝利は絶対に覆《くつがえ》らない。

「まぁ、邪魔《じゃま》にさえならなければ良いのですけど」

シュナイバルの翼《つばさ》がゆらめき、風が震《ふる》える。

羽根が舞う。

燐光《りんこう》を帯びた羽根は戦場の風に煽《あお》られることもなく、かといって重力に従うこともなくその場にとどまり、淡《あわ》い光をその場に灯《とも》し続ける。

灯して、そこにあったもう一つの燐光を覆《おお》い隠《かく》そうとしている。

青い光を帯びた、花弁のようにも鱗《うろこ》のようにも見えるそれは、念威端子《ねんいたんし》だ。

束縛《そくばく》から抜《ぬ》け出そうともがく念威端子《ねんいたんし》を、羽根の燐光は押さえつける。

「誰にも、この刃《やいば》の邪魔はさせませぬ」

瞳《ひとみ》に鋭《するど》い光を宿し、シュナイバルは言う。

その刃が、いま、目的に向かって駆《か》け出した。

01 ア・フューズ・バーンズ

事態は次の段階に移っている。

「それでも、これで終わりかしらね？」

そう呟いたアルシェイラの声には、疲労《ひろう》の影《かげ》があった。

瓦礫《がれき》でできた山にアルシェイラは立っている。

その瓦礫が、かつては自分たちがいた王宮だとはあまり信じたくない。

だが、瓦礫の隙間《すきま》から覗《のぞ》いた布きれが気になって引っ張ってみたら、王宮の服飾《ふくしょく》室の奥の奥に放《ほう》り込んでおいた子供の時の服だったとなれば信じるしかない。

戴冠式《たいかんしき》の時に着たものだ。

「あの頃《ころ》はちっちゃかった」

そう呟く。

長寿《ちょうじゅ》を目指し、自らの勁力《けいりょく》を駆使《くし》して成長を止めていたのだ。

「ほんとならもっとバインボインだったんだけどね」

成長を止めた理由は、いまのこの戦いにある。

アルシェイラ・アルモニス。

全ての武芸者の祖であるアイレインへの先祖返りを目指すグレンダン三王家が、交配を繰《く》り返した末に誕生させたのが、彼女だ。

残念ながらアルシェイラは完成体ではなかったが、その剄力は他の武芸者たちを超越《ちょうえつ》するものとなった。

そして、本当の完成体は、こちらの想像外の役目を果たし、その力を失ってしまった。いまは、編制された救助隊に保護され、避難《ひなん》者の群《むれ》に交ざって移動していることだろう。

それでいいと、アルシェイラは思う。あの子は戦うべき人間ではない。

「それでも……」

呟く彼女の全身にはやや力が足りなかった。一つを成し遂《と》げた後の倦怠感《けんたいかん》のようなものかもしれない。力を持ちすぎたが故《ゆえ》に制限なしでは戦えないアルシェイラが、制限なしで戦ったのだ。

人生でそう何度もないだろう体験に、少しばかり呆然《ぼうぜん》としているのかもしれない。興奮は覚め、寂寥《せきりょう》のようなものが胸を占めていた。

「とことんだとは覚悟してたけど、やっぱりちょっとショックねぇ」

ボロ切れとなっている思い出の衣装《いしょう》を手放すと、アルシェイラはそれを見る。

終わりの戦いはまだ終わっていない。

次がそこに控《ひか》えている。

はるか視線の先にそれがある。

炎で世界を囲うかのように赤を広げ、全ての事実を暈《ぼ》かしてしまうかの如《ごと》く陽炎《かげろう》をゆらめかせる。

名前はわからない。誰も知らない。電子精霊の原型となったサヤも、この都市の電子精霊として存在し続けたグレンダンも沈黙《ちんもく》しているのだから、本当にそれの名前を知る者は、少なくともこの都市には存在しないことになる。

それでも、たとえ誰も名前を知らなかったとしても、あれが倒《たお》さなければならない存在であることは違《ちが》いない。

「さて……現状のおさらい、いいかしら？」

（はい）

アルシェイラの側《そば》に控える念威端子《ねんいたんし》に声をかける。

答えた念威端子《ねんいたんし》の声は、もちろんエルスマウだ。

（周辺の都市では、武芸者たちの士気は高いものの、一部では混乱も起きています）

「まっ、そりゃそうでしょう」

みながみな、命をかけて戦いたいわけではない。

あの演説は、なかなか聴《き》かせる演説だったけれど、大雑把《おおざっぱ》な状況《じょうきょう》説明でいきなり命をかけろといわれて気炎《きえん》を上げられる者は少ない。

それこそ、使命感と力をもてあました武芸者のような存在だけだ。

「それで？」

（現在は戦闘《せんとう》に参加する者と避難する者とを分けている状況です。避難民は数個の都市に押し込められ、この場から退去します。その準備が終了《しゅうりょう》するのが、およそ三時間後かと）

「まっ、そっちは事務仕事がうまい連中に任せるわ。それで、こっちは？」

アルシェイラの指が正面に向けられる。

その先にいるのは、もちろん炎《ほのお》の獣《けもの》だ。

（周辺に転移した都市……仮称《かしょう》として都市連合という言葉が用いられているのですが、彼らは一丸となることは避《さ》け、それぞれの都市単位で部隊を形成し、行動することとしたようです）

「ふうん」

（こちらにもその連携《れんけい》に入るよう申請《しんせい》が来ていますが？）

「そうね……」

アルシェイラは顎《あご》の先をつまみ、考えた。

普段《ふだん》ならば鼻で笑って無視するような申し出だ。

だが、現在のグレンダンは昨日とは陣容《じんよう》が違う。

「うちの被害《ひがい》は？」

（武芸者の被害は軽微《けいび》です。さきほどの戦闘にはほとんど参加しておりませんし、戦闘の余波で負傷者を出してはおりますが、集団運用に支障が出るほどではありません）

「そう？　それならそっちは連係させるように話を付けておきなさいな」

（わかりました。では……）

その先でエルスマウの言葉が濁《にご》る。

濁りの向こうにある言葉をアルシェイラが見誤るはずもない。

天剣授受者《てんけんじゅじゅしゃ》たちはどうするのか？

エルスマウが聞きたかったのはそれだ。そしてその中には女王自身も含《ふく》まれている。

「もともと、協調性の足りないような連中ばっかりよ？　なんとか邪魔にならない使い方を考えるしかないでしょうね」

（わかりました）

その返事の後、念威端子《ねんいたんし》から感じるエルスマウの気配が少し薄《うす》くなる。他と連絡《れんらく》を取り合っているのだろう。

「ふう……」

アルシェイラは息を吐《は》いた。

「カナリス、リヴァース、カウンティア。カルヴァーンにサヴァリスにルイメイ……まぁ死にも死んだりとはこのことね」

グレンダンを代表する超絶の武芸者たちがこの一戦でこれだけ倒れたのだ。

生き残ったのはリンテンス、トロイアット、バーメリン。ハイアにクラリーベル。そしてエルスマウだ。

「あ、クラリーベルは独断してるって？」

（はい。ツェルニに合流すると言って。レイフォン・アルセイフも向かいました。呼び戻《もど》しますか？）

「……ま、いいかな。レイフォンに声かけるのもいまさらだし。クララにしても、なんか考えがあるなら任せるわ」

（わかりました）

「いまさら手駒《てごま》の一つや二つ増えたところで、やれることが増えるとも思わないし」

再びエルスマウの気配が遠退《とおの》くのを感じながら、アルシェイラは呟く。

体中を勁で満たし、流動させてもこの倦怠感はなくならない。勁の圧力や熱とは別の場所に、この冷たさは存在しているらしい。

まだなにも終わっていないというのに迷惑《めいわく》な話だ。

「ふう」

「辛気《しんき》くさい」

知らぬ間に漏《も》らしたため息に、被《かぶ》せるように背後から声がかかる。

「リン、指は大丈夫《だいじょうぶ》？」

振《ふ》り返ったアルシェイラの目はそこにいる男の手元に注がれる。もとより外見に頓着《とんちゃく》しない男だったが、いまはさらにぼろぼろになったコートを着ている。無精髭《ぶしょうひげ》のある顔色もそれほどいいとは言いがたい。

リンテンスだ。

「お前が他人の心配とは、末期だな」

そんなことを言ってはいるが、彼の両手は隙間もないほどに包帯が巻かれていた。治癒《ちゆ》を促進《そくしん》する特殊《とくしゅ》な薬液が包帯を青く染め上げている。そこに傷口から溢《あふ》れた血が混ざり、不快な斑《まだら》模様を作り上げていた。

さきほどまでのレヴァンティンの戦いで受けた傷だ。

もちろん、直接的な打撃《だげき》を被《こうむ》ったわけではない。そうであったならリンテンスといえどいまここに立っていたかどうかは怪《あや》しいだろう。全方位からの攻撃《こうげき》を可能とする鋼糸《こうし》だが、弱点も無論存在する。縦横無尽《じゅうおうむじん》に戦場を支配し、全方位からの攻撃《こうげき》を可能とする鋼糸《こうし》だが、弱点も無論存在する。

簡単に言えば糸電話の理屈《りくつ》だ。張り詰《つ》められた糸は振動《しんどう》を伝播《でんぱ》する。戦場を激動する様々な振動を鋼糸《こうし》は受け止め、そして一端《いったん》に繋《つな》がるリンテンスへと伝えていく。崩壊《ほうかい》するグレンダン。渦《うず》の如《ごと》く暴れ回る衝撃波《しょうげきは》。女王やレヴァンティン、それに準ずる天剣授受者《てんけんじゅじゅしゃ》たちが織りなす絶技による破壊の余波……そういったもの全てを鋼糸《こうし》は浴びて、その振動をリンテンスに伝える。

普通の戦いであればそんな振動を無効化できる術は持っていた。

だが、これは普通の戦いではない。

想像を絶する戦いの余波に、さすがのリンテンスも全てを無効化することかなわず、負傷するにいたったというわけだ。

「こういうときは技倆《うで》の差がわざわいって奴《やつ》？　レイフォンはそんなことなかったのにね」

「錬金鋼《ダイト》の質の差もあるな。遠慮《えんりょ》なしに使えるということは、それだけ危険も高くなる」

しごく冷静にそう言ってのける。

「で？　戦えるの？」

「なめるな。どうということもない」

「ふうん」

普段通りの無愛想を発揮するリンテンスは、アルシェイラの返事に目尻《めじり》に険しさを宿した。

「なんだ？　まさかこの程度の逆境で挫《くじ》けているわけではなかろうな？」

「コレをこの程度って言えるあんたの精神力は見直したわ」

「ふん」

アルシェイラの言葉に、リンテンスは鼻を鳴らす。

天剣授受者《てんけんじゆじゆしや》の命を大量に食《く》らっていった化け物をようやく倒したかと思えば、それを圧する巨大《きよだい》な存在がさらに現れる。

世界は滅亡《めつぼう》の危機にある。

こんな大規模な危機を、『この程度』と言ってのけるのはただの強がりとしか思えない。

「『この程度』だ。変わりはせん」

それでも、リンテンスはそう言ってのける。

「死を感じれば、そこにあるものはそれだけだ。そこから後で誰《だれ》が死のうと都市が滅《ほろ》ぼうと世界が沈《しず》もうと、そんなことは死者には関係ない。そこにある死が己《おのれ》に降ってきた瞬間《しゅんかん》に、そいつにとっての世界は終わる。あんな化け物でなければならない理由はない。同じような恐怖《きょうふ》はそこら中に転がっている。問題なのは、立てるか、立てないかだけだ」

「ふうん」

「大事にしまい込まれて場慣れもできていないお前にはわからん気分だろう」

「……言うじゃない？」

「事実だろう？　失恋《しつれん》した小娘《こむすめ》みたいな面《つら》をして瓦礫《がれき》の山に立つなんぞ、そういう気分でもなければやってられるか」

「むっっか。そんなんじゃないわよ！」

「ほう？」

「あれは……敵を眺《なが》めるのに高いところにいただけよ！」

「そうかそうか」

「信じてないでしょ？　信じてないわね!?」

「女王の言葉を信じない者はいないだろう？」

「いま、目の前にいる男にその疑惑《ぎわく》があるわ！」

「その程度の疑惑に動じるとは、な」

「な、なによ……」

「いっそ泣いてみるか？」

「ふざけんじゃ……」

そう言いかけたアルシェイラに変化があった。

声を切れさせると、口元を押さえ、慌《あわ》てた様子でリンテンスに背を向けた。

「…………」

そんな彼女の背を眺めたが、リンテンスが声をかけることはなかった。震《ふる》える肩《かた》をひとしきり眺め、そこから視線をはるか先の炎の獣に向ける。

意思を燃やした炎は世界の半分を赤く染めている。ここからでは砂粒《すなつぶ》よりも小さく見える目から、リンテンスの全身を痺《しび》れさせるほどの怒気《どき》を感じることができる。

あれが最後の敵。

なにに対しての最後なのか、それはリンテンスの知ったことではない。しかしそこにいるのは強大な敵である。その事実は重要だ。

「ただそれだけだ」

リンテンスは呟《つぶや》く。女王の前に立ち、そう呟く。

それは、いまなお降り注ぐ怒気の視線から彼女を守っているように見えないでもない。

「おれが欲《ほ》しいのはただこの一瞬だけだ。おれがおれであることを感じていられる時間だけだ。敵が何者であるかなどどうでもいい。どれほど強いかもどうでもいい。そいつを生かしてしまったらどうなるか、そんなこともどうでもいい。ただ、おれがおれでいられるのならば、それでいい」

そんなことをリンテンスは呟く。

「強い方がいい。強ければ強いほどいい。己の実力を限界まで引き出すことができるならばなおいい。どこぞでお飾《かざ》りのように使われるぐらいならば、汚染《おせん》物質に内部から焼かれる方がましだ。子種ばかりを珍重《ちんちょう》がられるぐらいならば、どこぞの戦場で朽《く》ち果《は》てる方がはるかにいい。そう考えた末に、おれはここに流れ着いた」

「…………」

背後で震えが止まる。視線が背を突《つ》いた。

「そう考えるような連中でなければ、天剣授受者《こ》《ん》《な》なんて境涯《きょうがい》を生きていられるか。他《ほか》の連中も皆《みんな》そうだ。都市の行く末よりも知らぬ誰かの平穏《へいおん》よりも、目指さねばならぬものがあるからこそ、倦《あ》くことなく強さなどというくだらんものを追いかけられるのだ」

「リン」

「こんな敵がどうした？　こんな状況《じょうきょう》がどうした？　問題なのは己の力を使えるところがあるかどうか？　ただそれだけだ」

「リン」

「天剣授受者《おれたち》はそんな存在だ。そんな救いようもない存在だ。倒《たお》れた者の未熟を笑い、こんな境涯から脱せたのだなと歯嚙《はが》みすることがあったとしても……」

「もういいよ、リン」

「…………」

「ありがとう」

「……ふん」

背からの言葉に震えはない。ボロ切れになりかけたコートの背中、その一点にかかる感《かん》触《しょく》に、リンテンスは言葉を閉じた。

「あんたらは使い潰《つぶ》れて『それで良し』かもしれないけど、こんなところで潰れたくない連中の方が圧倒的《あっとうてき》多数なんだからね」

「…………」

「だから、グレンダンの民《たみ》を守護する女王としては、やるべきことは決まってるのよ」

背後で勁《けい》が満ちる。彼女の内部で回転していたものが外へと溢れ出しているのだ。

「まずは世界平和よね」

そう呟いた彼女がコートから手を離《はな》す。

隣《となり》を過ぎていく。

再び彼女の背がリンテンスの視界に入る。

だが、そこにあったものは、さきほどまでのそれとはまるで違《ちが》う。

いままで見ていたものとは違う。

なにかを失い、なにかを得た。

それは、新しい女王の背だった。

「うちの庭を壊《こわ》してくれたお礼は、安くはないわよ」

†

フェリを連れてツェルニに戻《もど》る。

「おっまえー！」

出迎《でむか》えは強烈《きょうれつ》な手だった。

外縁部《がいえんぶ》に足を降ろしたレイフォンに、駆《か》けつけたシャーニッドがバシバシと背を叩《たた》いたのだ。

「まったく、やってくれるな！」

こちらが拍子《ひょうし》抜けするぐらいに明るい声で言われて、レイフォンは目を丸くした。

「先輩《せんぱい》、痛いです」

ぐっと首に腕《うで》が回り、レイフォンはフェリから引き離された。そんな彼女にはゴルネオたちが向かっている。収集した情報を直接聞こうというのだろう。彼女は移動の最中《さなか》も情報を収集し、集結した都市の武芸者たちとの連絡《れんらく》役を務めているようだった。

ツェルニの武芸長であるゴルネオも、ここからどう動くべきかを慎重《しんちょう》に考えなくてはならない。

「いやいやいや、たいしたもんだぜ。お前」

シャーニッドのテンションは高い。どうしてこんなに高いのか？　レイフォンは訝《いぶか》しく思った。

この人のテンションが高いというのはあまりいいことではない気がする。

「まさかフェリちゃん連れて愛の逃避行《とうひこう》をやってのけるとは思わなかった」

「やっぱり！」

なんでこんなに褒《ほ》めちぎられているのかわからないと思ったが、やはりレイフォンの斜め上を突いてきた。

「違いますって！」

「なんだよ？　違うのか？　駆け落ちした先でドタバタしてたらグレンダンに着いちまって、幼馴染み《おさななじみ》にはぶちぎれられるわ、化け物が世界を滅ぼしに来るわ、ニーナは怒《おこ》って化け物に一人で突貫《とっかん》しようとしてるわってのがいまの状況じゃないのか？」

「違いますよ！　ていうか因果関係どうなってるんですか、それ!?」

「なんだよ相変わらず甲斐性《かいしょう》のない奴《やつ》だなぁ」

「なんで!?」

本気で呆《あき》れられているのはなんでなのか？

「まぁ、お前らの愛の炎《ほのお》で大地が燃えるとか、さすが誇大妄想《こだいもうそう》がすぎるぜ？」

「って、僕が言ったみたいな顔しないでください！」

「それぐらいで終わってくれます？」

さらりとハーレイが混ざってきた。

「レイフォン、これ」

そう言って渡《わた》してくれたのは、二本の剣帯だ。

「簡易型複合錬金鋼《シム・アダマンダイト》と青石錬金鋼《サファイアダイト》、作れるだけ作っといたから」

「あ、はい」

「ほんとは強化させたかったんだけど、間に合わなかったから」

「まったくだぜ、情けない」

「……その代わり、錬金鋼《ダイト》が足りなくなったらこの人にどんどん送らせるから、この人が活躍《かつやく》できるとこ、それしかないから」

「おいおい、ひでぇこと言うなぁ」

「なら、あれをヘッドショットしてくださいよ」

「物には限度ってもんがあるぜ」

「使えないなぁ」

「お前もなー」

「ふふふふふ……」

「ふっふっふっふっふ……」

「あのう……」

睨《にら》み合う二人に、レイフォンは為《な》す術《すべ》もなく立ち尽《つ》くすしかない。

「おい、そこの使えない二人組」

そんな二人に容赦《ようしゃ》のない言葉が浴びせられる。

ダルシェナだ。

「いつまで無駄話《むだばなし》をしている？　もうすぐ武芸長の作戦発表があるぞ」

「はっはっはっ、そんなもの、おれたちは関係ないぜ」

「なんだと？」

「おれたちのやることは、うちの突貫愛の激しすぎる隊長のところにこの甲斐性なしを応《おう》援《えん》に行かせるための援護をすることだから」

「堂々とサボり宣言をするな」

「さ、サボりじゃないぞ。嫌《いや》だねぇ、シェーナには匠《たくみ》の技《わざ》の素晴《すば》らしさがわからないのかねぇ。地味に活躍する。これぞ匠」

「匠に謝れ。若造の分際で」

ダルシェナの軽蔑《けいべつ》の視線が痛い。

「お前も、いつまでもこんなダメな先輩を当てにしない方がいいぞ」

「いえ……頼《たよ》りになる先輩です」

その痛い視線を受けながら、レイフォンはなんとかそう言った。

「……む」

思わぬ返答だったのか、ダルシェナが変な顔をした。

「レイフォン、お前……よせよ、照れるだろ」

シャーニッドまで顔を赤くしている。

「変な発想には困りますけど」

「そうだな。まさしくだ」

乾燥《かんそう》した顔で言うと、ダルシェナは大きく頷《うなず》いた。

「お前ら……」

「あれ？　僕は？　僕も変な発想に混ざってる？」

「黙《だま》れ付属物」

「なんで⁉」

「いいかげん、その二人の茶番劇に付き合うのやめてくれません？」

極寒《ごっかん》の声が混ざり込んできた。

フェリだ。

「よう、フェリちゃん。ご苦労さん」

「人が面倒《めんどう》な話をしているときになにを遊んでいるんですか？」

じろりと睨まれると、一気に居心地《いごこち》が悪くなる。レイフォンはもぞもぞとした。

「遊びたくて遊んでたわけじゃねぇよ。ただ、ハーレイの奴が目立ちたいなんて無謀《むぼう》なことを望むから、面倒なことになってただけだ」

「おおよそ僕のせいにされた！」

シャーニッドがまたも掻《か》き回し、ハーレイが悲鳴を上げる。ダルシェナは顔をしかめ、レイフォンは困った顔で流れを見守るしかできない。

そんな中で、フェリが氷の一言を放つ。

「……スナイパーとメカニックが目立ちたいとか」

凍《こお》った。

「存在意義に反してますね」

「お、お前だって後方支援だろう！」

シャーニッドが叫《さけ》ぶ。声がちょっと泣きそうになっていた気がした。いつものシャーニッドならフェリの毒舌は軽く流していたはずなのに、今回は違う。それだけ、痛いところを突《つ》かれてしまったということなのか。

とりあえず、ハーレイは凍り付いて動けなくなっているので、それに比べれば精神力があるという話なのかもしれない。

「わたしは、一度だって目立ちたいなんて思ったことはありませんが？」

「ぐぐ」

「それでもわたしが目立っているというのなら、わたし自身の存在力が圧倒的《あっとうてき》なのかもしれません。すいません、目立ってて」

　フェリがぺこりと頭を下げる。

「泣きてぇ。泣きてぇよ」

「存在力……次は絶対に、それを発見してやるんだ」

　シャーニッドとハーレイが空を仰《あお》いで震《ふる》えている。

「それでは、現状のおさらいです」

　そんな二人を無視して、フェリはさっさと話を次の段階に運ぶのだった。

「現在、グレンダンを中心に集まっている都市の数は二十六です」

　フェリが説明を始める。

「都市の種類は、学園都市が多いなどの特別な偏《かたよ》りはありません。つまり、腕利《うでき》きの武芸者ばかりがいる都市が集まった……というわけでもないということです」

「これはなんなんだろうな」

　そう言ったのはダルシェナだ。

　もちろん、彼女の言う『これは』というのは、いまのツェルニを取り巻いている状況《じょうきょう》のことだ。

突如《とつじょ》として都市が転移し、グレンダンの近くにやってきた。

「まったく、わけがわからん」

その転移が行われる前に、カリアンのあの演説によって状況説明は行われていたという話だが、さすがにそれだけで全《すべ》てを完璧《かんぺき》に理解しろというのは無理な話だ。

「まっ、それはここにいるみんながそう思ってんじゃねぇの？」

途方《とほう》に暮れた様子のダルシェナに気を取り直したシャーニッドが話しかける。

「知ってる奴はだんまり決めて勝手になんかやって、わけわかんない奴はわけわかんないなりになんとかしようとして……そんでこんな状況だ」

「そうなると……わたしたちはなんだ？」

「もちろん、わけわかんない奴がわけわかんないなりにやったことに巻き込まれた、大混乱の愚民《ぐみん》だな」

「どしがたいな」

「まったくだ」

「扇動《せんどう》者が元とはいえうちの生徒会長だというのが、さらにも迷惑《めいわく》な話だ」

「だなぁ、経歴がばれたときの保険で、おれたち手が抜《ぬ》けないもんな」

「説明を続けてもいいですか？」

「おお、もちろん。扇動者の妹様」

「……ふん」

仕返しの場面を見つけたシャーニッドのニヤニヤ顔を無視し、フェリは続ける。

「仮に都市連合と名付けましたが、いきなり連係を強《し》いるというのは現実的な作戦ではありませんので、都市単位で動き、情報を共有して戦うことになりました」

「それが一番だろう」

「それと、現在、都市外の汚《お》染《せん》物質の濃度《のうど》が急速に低下しているということです。このまま低下が続くなら、都市外装備なしでの活動が可能になるかもしれないということです」

「それは、本当に？」

そこにいた全員が驚《おどろ》いたが、一番に食いついたのはハーレイだった。

「対象の周辺状況を確認《かくにん》していて得た情報です。わたしも確認しました」

「なるほど……汚染獣《おせんじゅう》が汚染物質を餌《えさ》にして活動しているのはわかっていたけど、大群でやってきたときだって汚染物質の濃度が極端《きょくたん》に変化するってことはなかったはずだから

……」

「それだけ、すげぇ大食いってことだろ？」

「とんでもなく、大食いだよ。あの化け物、どこにいるかわかってる？」

ハーレイの言葉に引かれて、レイフォンたちは外縁部《がいえん》の外側を見た。

まるで地の果てのような遠い場所に炎《ほのお》の獣はいる。そんなに遠いのに、とても大きく見えてしまうということは、近づけばどんな巨大《きょだい》さとなってしまうのか。レイフォンの想像力では測りきれない。

「あんな遠くにいるのにこの辺りに汚染物質濃度にまで影響《えいきょう》を与《あた》えてくるなんて、あの化け物がいるだけで汚染物質を駆逐《くちく》できたりするんじゃない？」

「その代償《だいしょう》として、世界は燃え尽きるでしょうね」

フェリの返答は淡々《たんたん》としていた。

「実際、化け物周辺の地面はマグマの海と化しています。並の武芸者では近づいただけで焼死することでしょう」

「汚染物質がなくなる代わりに、地面はマグマで固められ直されるってか？」

「そのついでで人類も滅《ほろ》ぶのだろうな」

「うん、お断りだな」

シャーニッドとダルシェナのやりとりを聞きながら、レイフォンは視線をさまよわせていた。

「それで、隊長は？」

いないとわかっていても彼女を捜《さが》してしまう。

遠くでゴルネオ武芸長が生徒会長を伴《ともな》って演台に立っている。これからのことを話すのだろうし、ツェルニとしてどうするのかを語るのだろう。

ツェルニの一生徒として聞かなければいけないような気もするが、それどころではないという思いの方が強い。

この集まりに、ニーナがいない。

第十七小隊の隊長として、顔を怒《いか》りと使命感で真っ赤にしてレイフォンたちの前にいる。

「依然《いぜん》、行方《ゆくえ》がわかりません」

わずかに表情を歪《ゆが》め、フェリが答える。

「どういうことだ、そりゃ？」

「グレンダンに現れたところで隊長には念威端子《ねんいたんし》を付けました」

そう言って、フェリはグレンダンでの戦いでのことを簡単に説明した。

「……そうして、グレンダンでの戦闘《せんとう》が一通り落ち着き、あの化け物が現れた騒動《そうどう》の途中から隊長に付けていた端子《たんし》からの反応がなくなったんです」

「それじゃあ、いま、ニーナがなにをしてるのか、わからないのか」

ハーレイの呟《つぶや》きに、嫌《いや》な予感が空気に満ちる。

彼女の性格を知るだけに、その予感は具体的な画《え》となって、皆《みな》の頭に浮《う》かんでしまうのだ。

「どっかから突っ込もうとしてるよなぁ、やっぱ」

「それどころか、いままさしく突っ走っているかもしれんな」

「汚染物質の濃度、低下してるって話だし。それを知ってたらまず間違《まちが》いないね」

「わかりきってることだが、落ち着きってものがないのかね、うちの隊長は」

シャーニッドの呟きに、全員がそろって頷いた。

「そういうわけで、ツェルニや都市連合の作戦を手伝っている暇《ひま》はわたしたちにはありません」

フェリがそう宣言する。レイフォンは頷いたし、シャーニッドやハーレイもそうした。再会したときにもそんなことを話していたのだから、二人に異論があるはずない。

もちろん、レイフォンにもない。

「あの化け物に向かっているのは確かでしょうが。だからといってこちらも無策で突っ込むわけにはいきません」

「どうしてです？」

フェリの言葉に、レイフォンは尋《たず》ね返す。

「化け物からこちらに迫《せま》ってきている炎です。どうやらただの炎ではありません。熱気状の汚染獣《おせんじゅう》とでも言いましょうか、そういう不可解な生物である可能性を有しています」

「わけがわからん」

シャーニッドが困惑《こんわく》した。

「熱気状ってなんだよ。すでに意味不明だ」

「あの化け物から発生している炎は、それ自体が燃焼するものを選んでいるということです」

「はぁ？」

「あの化け物の周囲はすでにマグマの海です。ですが、そのマグマの海は同心円状に広がるのではなく、こちら側に向かうように拡大を続けています」

「ほほう？」

「つまり、化け物から発する熱は、地面をマグマ化させながらこちら側、都市連合に向けて進行しているということです。なんら、熱を誘導《ゆうどう》する特別な条件があるわけでもないのに」

「ふむふむ」

「それはつまり、熱そのものに自身が燃焼させる対象を選択《せんたく》する意識があるということだと推測されます」

「化け物そのものが操《あやつ》ってるんじゃねぇの？」

「それなら、むしろ話は簡単なのですけれど」

「？」

フェリのその言葉に皆が疑問を浮かべたが、彼女は答える様子を見せなかった。

「……いまはとにかく、隊長を見つけ出すことが先決です。その上で進路を選定しなくては……」

フェリがそんなことを話していたそのときだ。

「あ……」

それに気付いて、レイフォンは声を上げた。

ふわりと、それはそこに現れたのだ。

†

近づく気配にシュナイバルは振《ふ》り返った。

「あなたですか」

そこにいたものにシュナイバルは目を細める。対する小さな存在は、厳しい表情で自身の太母《たいぼ》を見つめていた。

　ツェルニだ。

「たいしたものですね、妾《わらわ》に内緒《ないしょ》でこれほどの備えを用意するとは」

「そんなことは少しも思っていないのでしょう。母上は」

　ツェルニの鈴《すず》が鳴るような声は全ての電子精霊《せいれい》の母に向けて、

「その通りです、妾の子。全てを母に任せておけばよいものを、というのが正直な気持ちです」

「できれば、それでもよかったのかもしれません」

「その通りです。グレンダンは仕方ないにしても、あなたには何度も彼らを手放すよう諭《さと》しましたよ」

　シュナイバルの言う彼らとは、ディックとニルフィリアのことだ。

「わたしの定義がそれを許しません」

「学園都市ですか。人を育てる場となり、人の可能性を探《さぐ》る場所となる。たしかに、それがあなたの選んだ都市の姿ではありますし、己《おのれ》の存在意義を全《まっと》うしようとする姿勢は肯定《こうてい》します。ですが、全ての人間が望む姿を得られるわけではありません。それは、同胞《どうほう》たちを見ていればわかることでしょう？」

「…………」

「あなたとともに生まれた電子精霊たちの何割が都市となれたか……それを知らないわけではないでしょう？」

半鳥半人のシュナイバルには異形の美があり、歴史を体現した者として、そして母としての威厳《いげん》がある。

それら全てがツェルニという小さな電子精霊に降り注ぐ。

だが、彼女はその威圧に屈《くっ》することなく、太母の視線を真っ向から受け止める。

「もちろんです」

「ならば、人間とてそれと同じです。可能性はあくまでも可能性でしかなく、教育もまた未来を約束しない。全《すべ》ての人間が成功を摑《つか》むわけではない」

「だから、全ての人間を保護する必要はない」

シュナイバルの言いたいことを、ツェルニが先んじて口にする。

「その通りです」

「わたしは、そう思いません」

満足げに頷《うなず》こうとしたシュナイバルを制するようにツェルニは言葉を滑《すべ》り込ませる。

「確定した未来は存在しません。どんな可能性も成功は約束しません。同じように、一つ

の失敗がその後の未来を決めるわけではありません。なにか一つの事実で、その人の全てが決まるわけではありません」

「なにが言いたいのですか?」

「全ての可能性をわたしは信じます。強欲《ごうよく》を気取る青年が新たな可能性に気付くことに。自分の器量に踊《おど》らされる少女が心の置き所を見つけられることを」

「………」

「そしてわたしには、母上が許せない理由があります」

「なんでしょうか?」

「あなたは、わたしが信じる可能性を利用しました」

そう言ったツェルニの瞳《ひとみ》は、彼女の容姿に相応《ふさわ》しくない鋭《するど》さを宿してシュナイバルに向けられていた。

「あの青年の心を利用して、いまの状況《じょうきょう》を意図的に作り上げた」

「その通りです」

ためらう様子もなく、シュナイバルは肯定した。

「あの者がこちらに現れたそのときから、妾の作戦は決まっていました。あの者の心を利用し、それと抗《こう》する者の心を利用する。最初から決めていましたよ。特段、あなたの都市に迷い込んだからそうしたわけではありません。あなたの都市になったのは、ただの偶然《ぐうぜん》です」

そう言ってのけたシュナイバルからは嘘《うそ》の空気はなかった。真実のみを喋《しゃべ》っていると物語っていた。

ツェルニという存在を電子精霊としても、都市としても、価値を認めていない様子がうかがえた。

シュナイバルは目的のためならば多少の犠牲《ぎせい》は厭《いと》わない。それは多少の人間の命もそうであり、自分の子である同胞の命もそうだ。

そしてその犠牲者の枠《わく》の中に、眼前のツェルニが入っていたとしても、彼女はその態度を崩《くず》すことなくそう言ってのけるのだ。

自らの正当性を一つも疑うことなく。

「アントークの娘《むすめ》には死んでもらいます」

そう言ってのけるのだ。

「彼女が失敗しても、彼女とともにある廃《はい》貴族化した同胞たちが自爆《じばく》するのですね」

そう尋ねるツェルニの声は震《ふる》えている。

「その通りです」

「最初から、彼女が生き残ることは考慮《こうりょ》していないのですね」

「それはアントークの娘次第《しだい》です。ですが、生き残る術《すべ》を考えた上での作戦など、あの時点で見つけ出す方法はありませんでした。それが現れた瞬間《しゅんかん》に、用意できる最大の破壊力《はかい》を、用意できる最善の方法で到達《とうたつ》させる。考えることができたのはそれだけです」

それとは、あの炎《ほのお》の獣《けもの》だ。

グレンダンとシュナイバルが備え続けてきたこの戦い。だが、敵がどんなものなのか、その情報はあまりにも少なかった。

わかっているのは、敗北したときにはこの世界そのものが破壊されるということだけだ。

そんな状況でグレンダンやシュナイバルができるのは、できる限りの戦力を集結させることだ。

グレンダンは質を極《きわ》めた武芸者を揃《そろ》えることを目指し。

そしてシュナイバルは一つの破壊兵器を用意した。

それが複数の廃貴族を憑依《ひょうい》したジルドレイド・アントークであり、そしてそれを引き継《つ》いだニーナ・アントークだということだ。

「全て、最初から仕組んでいたのですか？」

「ジルドレイドの肉体が限界を迎《むか》えつつあるのは承知していました。そのための後継機《こうけい》の準備はその時々で行っていました。アントークの血筋とは、妾があの都市を生み出したときから用意した、このときのために存在する一族です。ニーナ・アントークもまた、その一人であったということです」

「…………」

「彼女が電子精霊との融合《ゆうごう》に成功したことで、彼女に新たな可能性を見出《みいだ》したことは事実です。外へと出たがったあの娘《むすめ》を、あの二人に会うかもしれないあなたの都市へ行けるように細工もしました」

「あなたは……」

「しかしそれ以上のことは、あなたの言う可能性に任せたものです。ならばこれは、運命というものではないですか？」

「人を死に導く可能性なんて」

だからこそ、ツェルニは瞳を鋭くして、自身の太母に立ち向かう。

「何者かに影響《えいきょう》されない者など存在しない。妾たちとて、何者かの作為《さくい》と偶然によってこの場に存在している。ならば、いまのあの娘の決断と行動は、あの娘自身の意思によるものだと思いませんか？」

そんなことを言うシュナイバルに、ツェルニは首を振る。

「あなたはわたしの都市民を利用した。その事実があるかぎり、わたしはあなたを信じません。そしてわたしは、わたしの都市民を救うための努力を惜《お》しみません」

「……愚行《ぐこう》にもほどがありますよ」

「わたしは、わたしの都市に住まう者の可能性を見守る者。その可能性を阻害《そがい》する者は、たとえ母様といえど、容赦《ようしゃ》はしません」

「……それで、あなたになにができるというのですか？」

「………………」

「電子精霊としてその機能の全てを都市に捧《ささ》げたあなたに、これ以上のなにができるというのです？　縁《えん》を利用しての都市の転移でさえ、あなたたちには分を超《こ》えた力の行使であったというのに」

「もうしました」

「なんですって？」

「わたしにできることは、もうしました」

繰《く》り返すツェルニに戸惑《とまど》いを見せたシュナイバルだが、やがて自らに起きていた小さな変化に気付いた。

ないのだ。

自らの羽根で動きを押さえていた念威端子《ねんいたんし》が。

「ツェルニ、あなた」

あの念威端子《ねんいたんし》の所有者が誰《だれ》なのか、シュナイバルはもちろん知っている。ツェルニももちろん知っているに違《ちが》いない。

いつからあの念威端子《ねんいたんし》は自由になっていた？

いつから、あの念威端子《ねんいたんし》はこの場での会話を持ち主に届けていた？

「可能性の危機は、別の可能性に」

顔をしかめたシュナイバルに、ツェルニが言う。

「しかしいまさら、間に合うのかしら？」

すでにニーナは飛び出している。炎の獣までの道のりは遠いが、獣自身はあの場所から動いている様子はない。ならば、先に動いたニーナの方が早く着く公算が強い。止めるために動く者がいたとしても間に合わないだろう。

「可能性を提示するのが、わたしにできることです」

そう言いながら、ツェルニの言葉にはその可能性が実現することを信じ、疑っている様子はなかった。

「なんて言うか、あいつらしくてむしろ笑える」

そんなことを言ったのはシャーニッドだが、もちろんその声は笑っていなかった。それどころか、表情は引き締《し》まり、強く噛《か》み合わせた歯のために唇《くちびる》が歪《ゆが》んでいる。

そのシャーニッドの隣《となり》でレイフォンは走っていた。

「むしろ憎《にく》い。こんな状況でなければハーレイなんぞを負ぶったりはしなかった」

「うひぃいぃい！」

シャーニッドの背中では、武芸者の高速移動を必死で耐《た》えるハーレイの姿がある。

「フェリ、どうですか？」

レイフォンは腕《うで》に抱《いだ》いたフェリに尋《たず》ねた。

（端子の位置から隊長の痕跡《こんせき》を発見しました。彼女の出発地点が判明したのです。進路を予測するのはとても簡単です）

彼女も高速移動に顔をしかめ、レイフォンの胸に顔を預けている。端子からの発声なのは、彼女にも口を開く余裕《よゆう》がないからだ。

それほどの速度で、レイフォンとシャーニッドは会話があったであろう場所を目指していた。

レイフォンたちのもとに現れたのは、一枚の念威端子《ねんいたんし》だった。

それがフェリの念威端子《ねんいたんし》だとわかったところで、彼女が声を上げたのだ。

その端子がもたらした情報こそが、ツェルニとシュナイバルという電子精霊《せいれい》たちの会話だった。

そしてレイフォンたちは走っている。

「しっかし、変なことになってんのはこの間のときに聞いてたけどよ。よりにもよってとことんまで行き着いてんな」

「そうですね」

なんて言っていいのかわからなかったが、レイフォンは頷いた。

「運命に導かれた戦士ってか？　でもおれはよ、主人公が生死不明ってエンディングは好きじゃないんだよね」

「わかります！」

レイフォンはあまりそういう物語は読まないが、なんとなくわかる。

「ここはやっぱり生きるか死ぬかはっきりさせて、その上で生かして連れ帰るっていうのが、正しい脇役《わきやく》の本分だと思うんだがどうよ？」

「わかります！」

大声で答えたレイフォンは、会話があったであろう場所に辿《たど》り着いた。

グレンダンの外縁《がいえん》部だ。そこら中が崩壊《ほうかい》し、危険きわまりないことになっている。だが、すでにグレンダンという都市そのものがこんな状態だ。

そして、そんな状態でもなお人類の最前線に位置する場所にいる。

この場所から炎の獣までは、一直線で走ることができれば、まさしく最短距離《きょり》で辿り着ける場所だろう。

「行ってこい！」

ハーレイを放《ほう》り出し、錬金鋼《ダイト》を復元しながら、シャーニッドが叫《さけ》ぶ。

「はい！」

フェリを下ろしたレイフォンが答える。

そして、戦いの場へと飛び出した。

02　ゴー・ゴー・ゴー

情報は次々とフェリのもとにやってくる。

エルスマウを中心としたグレンダンの念威繰者《ねんいそうしゃ》との協力態勢はいまでも生きている。現在は都市連合の念威繰者《ねんいそうしゃ》たちを新たに組み込む努力をしているはずだが、その間にも情報を収集する努力は行われている。

獣から放たれる炎は現在も規模を広げ、まるで波のように拡大を続けている。

炎の広がり方はきれいな円を描《えが》いているわけではない。中心となる獣から離《はな》れれば離れるほど、その広がり方はいくつかの点へと収束していく。

点といってもその規模は計り知れないものがあるのだが、いま問題とするべきなのは、炎の波には隙間《すきま》があるということだ。

（隊長はその隙間を縫《ぬ》って行かれるはずです）

念威に全力を注いでいると、肉体を動かすのが億劫《おっくう》になる。結果、すぐそばにいるシャーニッドにも端子越《たんしご》しの音声で対応していた。

「さすがに、炎に突《つ》っ込むほど向こう見ずではないだろ。うちの隊長も」

（それはわかりませんね）

「ニーナだしなぁ」

シャーニッドが入れてきた茶々に思わず答えてしまった。

「それより、進路は特定できそうですか？」

そんな無念の気持ちが、念威端子《ねんいたんし》越しのレイフォンの声に冷たさを感じさせる。

彼はいま、ニーナを追って大地を走っている。

準備もまともにできていない状態だが、それにかまっている状況《じようきよう》ではなかった。ハーレイが大量の錬金鋼《ダイト》を用意していたことだけが、唯一《ゆいいつ》の僥倖《ぎようこう》だろう。

（高速移動の痕跡は発見しました。それと炎の動きを重ねれば進路を特定することは可能でしょう）

「それなら……」

（ですが、特定が進路予測にまで至れるかどうかは難しい問題です）

「え？」

「こっちの予測よりもニーナの方が速いってことだよ」

「な、なるほど」

（それだけではありません）

シャーニッドの言葉もそうだが、懸念《けねん》はまだある。だが、レイフォンと合流する可能性を上げてくれることを考えれば、むしろその方がありがたいのかもしれない。

(炎そのものが、隊長の進路を妨害《ぼうがい》してくるかもしれません)

「ああ……ただの火じゃないとかなんとか言ってたな」

(あくまでも可能性ですが)

なにしろ念威端子《ねんいたんし》が炎を調査できる距離で十分に揃《そろ》っていない。そのうえ、到達《とうたつ》しているものにしても熱気が迂闊《うかつ》に念威端子《ねんいたんし》を近づけさせてくれない。

なにしろ、地面を溶《と》かしてしまうほどの炎なのだ、念威端子《ねんいたんし》もただでは済まない。

「邪魔《じゃま》なしで直進できたらどれくらいで着きそうです？」

(隊長が？)

「はい」

レイフォンの質問に、フェリは少しだけ考えた。

獣《けもの》とフェリがいる場所ではランドローラーで進めば二日はかかるだろう距離が開いている。

だが、現状では汚染《おせん》物質の存在を気にすることなく、武芸者は全力で疾走《しっそう》することができる。

となれば、時間は武芸者の実力に比例して驚《おどろ》くほどに短縮されることになる。

(レイフォンの現状の速度ならば二時間というところです)

「ですね、体感だけど、そんなものかと」

それで、ニーナは？

(正直、わかりません)

フェリは素直《すなお》に告げた。

(あの人の現在の実力は、測定しきれていません。さきほどの戦いもなにか隠《かく》し事《ごと》をしている様子でしたし)

「ていうか、なんなんだ？　なんでそんなに実力が変わってるんだ？」

(おそらくは、廃《はい》貴族でしょう)

シャーニッドの疑問に、フェリは答える。

「ああ、なんかさっき聞かされた話にも出てたな。ニーナに憑《つ》いてるんだっけか？　そういや、それ欲《ほ》しさになんか傭兵《ようへい》が来たりとかしてたな」

嫌《いや》なことを思い出した。そんな顔でシャーニッドが頭を掻《か》く。

廃貴族を巡《めぐ》る事件は、シャーニッドの旧友の一人に不幸を落としたのだから、そんな顔にもなる。

(わたしたちが知っているかぎりでは隊長に憑いている廃貴族は一体ですが、現状では違《ちが》う可能性があります)

「ああ、なにしろあの話してたの電子精霊《せいれい》っぽかったもんな。しかも大物臭《しゅう》がぷんぷんだ」

(はい)

「ひっつけられるだけひっつけて、ブーストできるだけブーストして、んで伝説の勇者様の完成……って?」

(そういうことですね)

「はっ、ニーナが好きそうな話だ。責任大好きだからな」

(でも、あのままでは隊長は帰ってこられません)

「ああ、こりゃ自爆《じばく》だな。ああ、くそ。ああそうか」

(なんですか?)

「皮肉だよ。伝説の勇者は魔王を倒《たお》してそれでおしまい。めでたしめでたしだ。誰《だれ》も、勇者のその後なんて知りたがらないし、そんなことは聞きたくない。平和になりましたってことだけが重要で、勇者がどうなったかなんてどうでもいいんだよ。その平和の中に組み込まれているんでしょ? って勝手に誤解してな」

(……真実はどうでもいい、ということですか？)

「その通りだな。ま、こんなものは言葉遊びだけどな」

(ですが、その言葉遊びに隊長は乗せられている)

「悪く言えば対魔王兵器だからな、勇者なんて。兵器は標的をぶっ壊《こわ》すのが仕事で、それ以上のことなんて望まれてない」

(騙《だま》されたのでしょうか？)

シュナイバルという電子精霊にニーナは騙されたのだろうか？

世界の平和のために力を貸してくれと言われたら、ニーナはなんと言うだろう？　多少は迷うこともあるかもしれない。

だが、結局、彼女は力を貸すだろう。

相手が本当のところどう考えているのか、そんなことはまるで念頭になく、自分に本当にそれができるのか？　そんなことだけを考えて力を貸すだろう。

その結果がこれだったと言われても、フェリは信じてしまうに違いない。あの人なら、ありえる、と。

「知らねぇよ。目の前の厄介《やっかい》ごとで反射だけで乗っかっていったらこうなってましたってことかもしれねぇし」

そういう可能性もある。

どちらにしても、彼女ならありえそうだ。

「……隊長のあれは、お祖父《じい》さんのものかも」

そう言ったのは、レイフォンだ。

†

レイフォンは大地を疾走《はし》っていた。

相変わらずの乾燥《かんそう》しきった地面は一枚岩のような感触《かんしょく》を足に感じさせる。その表面を舞《ま》い散る砂塵《さじん》は目に入る前に体から発生する衝撃波《しょうげきは》で破砕《はさい》していく。

眼前に広がるのは荒《あ》れ果てた大地と奇妙《きみょう》なほどに澄《す》み切った空と、そして一色に支配しようとする炎の三つに支配されていた。

その光景が赤一色に染まるのは時間の問題だろう。

(どういうことですか?)

レイフォンの呟《つぶや》きにフェリが質問を返してくる。

「少し、集中します」

だけど、口で説明をする余裕《よゆう》はさすがにない。レイフォンは少しでも速度を上げようと到への意識を強めた。

大祖父と呼ばれていたジルドレイドが多数の廃貴族を従えていたはずだ。あれらがニーナのものになったのだとしたら？

レイフォンはそう考えた。

そうだとしたら、この窮地《きゅうち》にあの老人の姿がないことの説明もつく。

「あの人は、今日のためになにかをしてきた人のはずだから」

考えてみれば、あの老人がツェルニに近づいて来ていたのはレヴァンティン……ヴァティがいたからなのかもしれない。

ヴァティの正体を知っていたからジルドレイドはやってきた。

だが、あんな戦いをツェルニでやったとしたら、どれほどの被害《ひがい》があったか。

それを恐《おそ》れたから、ニーナはなにも言えなかったのか？　そもそも、ヴァティはなにを望んでツェルニにいたのか？

こんな事態になってもなお、知らないことが多すぎる。

しかし、だからといっていま走ることをやめる理由にはならない。戻《もど》って確かめている暇《ひま》はない。

炎《ほのお》の波という、巨大《きょだい》な破壊《はかい》が目の前から近づいている。

あの波に呑《の》まれるだけで、背後にあるグレンダンや他の都市たちは終わってしまうかもしれない。

その危機のためにニーナは走っているのか？

それとも炎の獣《けもの》を倒すためだけに走っているのか？

あるいは、フェリたちが話していたようにシュナイバルという存在に騙されているだけなのか？

「……隊長」

レイフォンは疾走る。

ニーナを目指して疾走る。

彼女とちゃんと話さなくなってどれくらいだろうか？

グレンダンでの一件から、レイフォン自身が気持ち的に閉じこもりがちになり、そしてその頃《ころ》からニーナも秘密を抱《かか》えていたのではないだろうか。

小隊で活動する機会も少なくなった。

住む場所が変わり、距離《きょり》は近づいたはずなのに、ニーナとの距離は逆に遠くなってしまっていたのではないか。

そして、話せなくなってしまったその間に、こんなにも大きな距離ができあがってしまっていた。

「……くそっ！」

その距離が、ニーナとレイフォンの間にある時間の壁《かべ》のような気がして、いたたまれなくなる。

ニーナの大祖父が操《あやつ》っていたあの戦場都市で追いつくと宣言してから、初めて二人の間にあるものを見せつけられたような気分だ。

「くそっ！　くそっ！」

どれだけ悪罵《あくば》を漏《も》らしても、速度はそれほど上がらない。限界以上の速度を出しているのではない。

だが、いざ戦闘《せんとう》となったときに体力を使い果たしていては話にならない。そんなことを考えると、どうしてもこんな速度になってしまう。

その、先を考えて躊躇《ちゅうちょ》してしまう自分にさえも苛立《いらだ》つ。もどかしさで全身を引き裂《さ》いてしまいたくなる。

（焦《あせ》らないでください）

フェリの声が、そっとレイフォンの耳に届いた。

（隊長を助けるのは当然としても、目標の撃破《げきは》を視野に入れなくては結局のところあの人

を止めることはできません。体力の温存も必要な行為《こうい》です）

「……そう、ですね」

フェリの言葉が圧力で破裂《はれつ》しそうだった思考を冷やしてくれた。少し上がっていた息を落ち着ける。

（……助けたいですか？　隊長）

「当たり前じゃないですか」

そんなフェリがいきなりしてきた質問に、レイフォンは驚いた。

（ふうん）

「なんですか？」

（……隊長のこと、どう思ってます？）

「え？」

（率直《そっちょく》に聞きますけど、好きなんですか？）

「うえぇぇぇぇぇぇ!?」

いきなりなにを言い出すのか。疾走中のレイフォンは転げそうになってしまった。

「そ、そういうのは……」

（そういう感情なしに、助けたいと思うものですか？）

「そ、そういうことならフェリだって、それにシャーニッド先輩《せんぱい》やハーレイ先輩だって……」

みんな、ニーナを助けたいと思っている。思っているのは彼らだけではない。あの場にやってこなかったダルシェナだって、レイフォンたちに「頼《たの》む」と言った。自分の役割がここにないことを苦渋《くじゅう》の気持ちで決断した顔だった。

(わたしは同性だからいいのです)

それなのに、フェリは言いきる。

(残りの二人にしても話になりません。シャーニッドはただの女好きです。ハーレイはただの幼馴染《おさななじ》みです。まぁ、彼の場合、あるいは異性としてとか、そんな風に思っていたとしても、だからどうしたという感じですし)

「どうしてそんなにハーレイ先輩への当たりが厳しいんですか?」

(そんなことはどうでもいいのです)

レイフォンの質問はあまりにも簡単に封殺《ふうさつ》されてしまった。

(問題なのはあなたです。あなたは、どうなのですか?)

「……なんだか、こんな話、他でもやりませんでしたか?」

(何度でもやります)

断言されてしまえば、それ以上の返しなんて思いつかない。

(さあ、どうなんですか?)

念威端子《ねんいたんし》からの圧力は、まるでフェリ本人がその場にいて迫《せま》ってきているかのようだ。

レイフォンは言葉に詰《つ》まる。

いまはそれどころじゃない。言ってしまえばそれだけで終わってしまいそうなのに、それを言えないところがレイフォンのレイフォンたる由縁《ゆえん》なのかもしれない。

あるいは、こんな話をすることでレイフォンの緊張《きんちょう》をほぐしてくれているのかもしれない。

そんな風に考えればフェリの優《やさ》しさが見え隠《かく》れしているような気もする。

「えっと……良い感じに肩《かた》の力も抜《ぬ》けましたし。いまはやっぱり集中したいので、この話はこのあたりで終了《しゅうりょう》ということでどうでしょうか?」

(そうですか。それはよかったですね。では、ついでに深呼吸もしてみてはどうですか?)

「え?」

(さあ)

「えと……」

とりあえず、深呼吸してみる。

荒れ果てた大地を、世界そのものを燃やし尽《つ》くそうとする炎に向かって激走しながら深呼吸……そんなことは肉体的に不可能だ。

それでも、フェリに進められてなるべくゆっくりと長く呼吸することに挑戦《ちょうせん》してみる。

周囲の衝撃波が大気内の不純物を破砕する。そんな音はひっきりなしだし、そもそものんびりと呼吸していられるような状況《じょうきょう》でもないのだが、念威端子《ねんいたんし》からの圧力はもはや絶対的な域にまで達しようとしている。

「ええと……？」

（もっと落ち着きましたか？）

「むしろ戸惑《とまど》ってますが」

（そうですか？　では、質問の答えをどうぞ）

「終わってなかった！」

（終わるはずがありません。……む）

終わることのないやりとりの予感は、フェリのその言葉と同時に感知した異常がかき消した。

自分の疾走の音を除けば、むしろ静かとさえ感じられていた空気が……さらに静かになった。

それは凶器《きょうき》を振《ふ》り回す寸前の緊張感《きんちょうかん》に似ていて、そして頭上にある空そのものを固体化させたかのようだ。

「なにか……来る！」

レイフォンがそう言ったのと、それはほぼ同時に起きた。

†

その報《しら》せは都市連盟にそれぞれいる武芸者の長へと届けられた。

もちろん、アルシェイラにも、だ。

(変化が現れました)

「やばい雰囲気《ふんいき》？」

エルスマウの声は緊張していた。

アルシェイラは外縁部《がいえん》に立っている。

だから、エルスマウの言う変化もすでに彼女の超《ちょう》視力は捉《とら》えていた。

(迫ってくる炎波《えんぱ》に変化が)

「ふうん？」

(明らかに生物的な動きを見せて分裂《ぶんれつ》しています)

「分布の具合は、見渡《みわた》すかぎりとか?」

(は、はい)

「使える天剣《てんけん》は先頭に立てて、その後ろに武芸者連中って感じでいいかしらね。じっとしてても埒《らち》が明かないから。天剣《てんけん》はそのまま押し込んでいって。わたしも行くし」

(よろしいのですか?)

「なにが?」

(都市の防衛です)

エルスマウが危惧《きぐ》しているのがその一言ではっきりとした。

アルシェイラの指示には、半壊した槍殻都市《そうかくとし》への配慮《はいりょ》は欠片《かけら》も存在しない。なにかあれば、都市は崩壊《ほうかい》してしまうかもしれない。

そのことをエルスマウは危惧しているのだろう。

「一般《いっぱん》市民は避難《ひなん》してるし、あとなにか守るものはあるかしら?」

(グ、グレンダンに未練はないのですか?)

「壊《こわ》れたものは仕方ないでしょ。それに、後でできることをいま考える余裕《よゆう》はないと思うけど?」

（……わかりました）

「なら、そろそろ休憩《きゅうけい》は終わりにしましょうか」

そう言って、アルシェイラは外縁部の端《はし》に足を掛《か》けると、跳《と》んだ。

†

炎《ほのお》の変化を間近で見る者がいる。

もちろん、ニーナだ。

「………………」

疾走《しっそう》するニーナの周囲には己《おのれ》から生まれる音しかない。

念威端子《ねんいたんし》もなく、シュナイバルの声もない。体内で剄を燃やす廃《はい》貴族たちも沈黙《ちんもく》を保っている。

静かな疾走の中で、ニーナは一人、その変化を見た。

彼女の走る先に、炎の波があった。

地を這《は》いながらこちらに迫る炎の波は、それだけ巨大《きょだい》な生き物のような圧力がある。

だからこそ、ニーナは敏感《びんかん》に変化を感じとった。

眼前にある炎を避《さ》ける進路を取っていたニーナだが、その変化に気付いて、進路を微調《びちょう》整《せい》する。

炎に向けて、巨大な熱の塊《かたまり》に突《つ》っ込む形でニーナは進路を修正した。

立ち向かわなければならないなにかが起きる。

そう感じたからだ。

「………む」

そして、その感覚が正しかったことがはっきりする。

猛然《もうぜん》と迫る炎の塊が一瞬《いっしゅん》揺らいだ。揺らぎに引かれるようにして多数に分裂する。

見る間にそれは、炎の毛皮を纏《まと》った四足の獣《けもの》に変じた。

獣の群は炎に負けない眼光をニーナに集中させ、襲《おそ》いかかってくる。

「………」

無言のまま、ニーナは鉄鞭《てつべん》を構える。

疾走しながらも、ニーナの息は乱れていない。彼女の剄《けい》はその内部で爆発《ばくはつ》寸前の圧力が維持《いじ》され続けている。

その一部を、二振りの鉄鞭に流し込む。

ツェルニに授《さず》けられた錬金鋼《ダイト》は流れ込んだ剄をしっかりと受け止める。

そして、振るう。

無言のまま振られた鉄鞭は、疾走を助長し、姿は光に溶《と》け、空気は爆《は》ぜる。

活勁衝勁混合変化《かっけいしょうけいこんごうへんか》、雷迅《らいじん》。

放たれた勁技は、襲いかかる火獣《かじゅう》の群を瞬《また》く間《ま》に吹《ふ》き飛ばす。

吹き飛ばし、貫《つらぬ》く。

だが、撥《は》ねのけたそれらが火獣の全《すべ》てではない。

迫る猛火《もうか》はまだまだ続いている。それは放たれた矢のようでもあり、猛然と突き込まれた槍《やり》のようでもあった。

その、長く続く炎が次々と分裂し、本体である獣に酷似《こくじ》した火獣となって飛び出し、大地を駆《か》けようとしている。

ニーナの雷迅は、いままさに分裂しようとしている、炎の塊そのものを貫かんとしていた。

見る者を戦慄《せんりつ》させずにはいられない炎に、雷光と化したニーナが飛び込んでいく。それは、あまりにもか細い抵抗《ていこう》にしか見えないかもしれない。

しかし、現れる効果は激烈《げきれつ》だ。

ニーナの雷光は炎を、そこから分裂し、彼女に熱波の爪牙《そうが》を向けようとした火獣たちを薙《な》ぎ払《はら》う。

火獣は破砕《はさい》し、まだ分化していなかった炎は四散する。

雷光はその勢いをとどめることなく駆け続け、そして遂《つい》に炎の槍を粉砕《ふんさい》するにいたった。

「…………」

剄技が解除され、散じた雷光の中からニーナが現れる。着地した彼女は、その勢いを殺すことなく疾走を続けた。

背後は振り返らない。

同様に、左右を見ることもない。

彼女が見るのは、ただ前のみ。

世界を燃やそうと、いまなお炎を撒《ま》き続ける巨大な獣のみだ。

「あれを倒《たお》せば、全て終わる」

呼吸を乱さぬよう小さく呟《つぶや》く。

そこに宿った真摯《しんし》な意思が、いかなる意思に利用されているのか。

それを知らないまま、ニーナは疾走し続ける。

†

放たれた炎の全てが火獣に変化していく。

（速度が上がりました）

観測を続けるフェリにはそれがすぐわかった。

（分裂した火獣そのものも熱を持っています。固体それぞれの温度は低下していますので、耐《た》えられる武芸者は増えるでしょうけれど）

「そんなことより、けっこう先で爆発があったみたいですけど」

（はい）

レイフォンの言葉にフェリは頷《うなず》いた。

（はい、剄の光です。隊長のもので間違《まちが》いないかと）

「そっちに向かいます」

（わかりました）

レイフォンが沈黙したのを確かめ、フェリは情報を集めつつ思考する。

このままでは追いつけない。

レイフォンとニーナの速度だけの話ではない。炎という障害が二人の差を引きはがそうとしている。

有機的に動き始めた炎は、周囲への拡散を始めている。

その動きは、ニーナとレイフォンの間を赤く染め上げるという結果に繋《つな》がっている。

二人の実力があるいは同程度だとして、殲滅《せんめつ》速度に遜色《そんしょく》がなかったとしても、それでは
お互《たが》いの距離《きより》が埋《う》まらないことになる。

そして、廃貴族を数体憑《つ》けている状態のニーナとレイフォンが同じ実力だとはとても思
えない。

ニーナが戦い、レイフォンは戦わずにただ走る。

この状態に持っていくことができれば……

「しかし、そんな都合のいい話……」

思考の海に溺《おぼ》れそうになっていたフェリは、不意にそんなことを漏《も》らした。念威の言葉
ではない。現実の唇《くちびる》がそれを紡《つむ》いだ。

「なんだ？　悩《なや》み事《ごと》か？」

それをシャーニッドが聞き漏らさなかった。

「どうすればレイフォンを援護《えんご》できるか、考えていました」

数瞬だけ悩み、フェリは口頭で状況《じょうきょう》を伝えた。念威を使わないのは、万が一にもレイフ
ォンに会話が流れて、余計な心配をさせないためだ。

「そりゃ、厄介《やっかい》だ」

シャーニッドも渋《しぶ》い顔で頭を掻《か》く。

「……現地に同着さえできればな。向こうもニーナの実力を見ないでいきなりドカンなんてやらないだろうし」

「レイフォン本人は無理でも、せめて念威端子《ねんいたんし》だけでもニーナのところに送れないかな？」

ハーレイがそう言ってきた。

「状況だけでも伝えられたら、ニーナも合流を考えたりすると思うんだ」

「そいつはそうかもしれないがな。それができたらとっくに……」

言いかけたシャーニッドが口を噤《つぐ》む。

「どうかしましたか？」

シャーニッドの変化に、フェリは尋《たず》ねる。

「届けるだけならいけるか？」

「なにか方法が？」

「そりゃ、おれができることと言ったらこれだ」

そう言って、シャーニッドは復元された自分の錬金鋼《ダイト》を見せる。

狙撃銃《そげきじゆう》……ではない。さきほど、レイフォンに錬金鋼《ダイト》を届けたハーレイの改造銃だ。

「こいつで飛ばす」

「どっちにしても念威端子《ねんいたんし》の自力移動じゃ、ニーナには追いつけないだろ？」

「それは、そうですけど」

現在も、最前線の状況はレイフォンに付けてある念威端子《ねんいたんし》で収集している。

ニーナに追いつけなかったとしても、前線に配置できる念威端子《ねんいたんし》の数を増やすことができるのは、こちら側にとってはありがたい。

（その作戦、こちらも乗りましょう）

混ざり込んできた声はエルスマウのものだ。

情報共有のために、彼女の念威端子《ねんいたんし》をフェリは持っている。

「こちらの話を聞く余裕《よゆう》があるのですか？」

（余裕はありませんが、どこに勝機が隠《かく》れているかわかりませんから）

エルスマウの話しぶりは相変わらず硬《かた》い。冗談《じょうだん》を言っている様子はないので、もしかしたら本当にそこら中の武芸者が思い思いに語る作戦に耳を傾《かたむ》けているのかもしれない。

さすがのフェリも、考えただけで頭が痛くなりそうだ。

（念威端子《ねんいたんし》を前線に多数配置できるのは願ってもないことです）

エルスマウは淡々《たんたん》とそう告げてくる。

「届きますか？」

「どうする気ですか？」

（こちら側でも射手を用意し、勁弾《けいだん》に乗せて念威端子《ねんいたんし》を運ばせます）

「それはどうぞ、ご勝手にやってください」

こちらの考えた作戦を採用するだけなら、好きにやってくれればいい。

フェリたちの問題は、どうやってニーナと連絡《れんらく》を取るか、あるいはレイフォンを追いつかせるか、だ。

（そうさせてもらいます。それより、こちらで協力できることがあるのでしたら、仰《おつしや》ってくだされればなにかできるかもしれませんが？）

「え？」

（そちらのお仲間に念威端子《ねんいたんし》を届けたいのであれば、天剣授受者《てんけんじゆじゆしや》の誰《だれ》かをそちらに派遣《はけん》させるということもできます）

「それは……」

（たとえばバーメリン様であれば、そちらの方よりも目的の方に念威端子《ねんいたんし》を届ける可能性は高くなると思いますが？）

「………いえ、大丈夫《だいじようぶ》です」

（よろしいのですか？）

「ありがたい話ですが、そちらはそちらで大変なはず。こちらのことは心配しないでください」

（わかりました）

フェリが思ったよりも、エルスマウは素直《すなお》に引き下がってくれた。

（しかし、なにかあれば遠慮《えんりょ》なく言ってください）

「…………」

（ここは戦場です。誰かを見捨てて成り立つ戦場は、ありません）

「ありがとうございます」

エルスマウの言葉は重く感じた。

だが、それでも……

「おい、よかったのか？　フェリちゃん」

エルスマウの念威《ねんい》端子《たんし》が静まるのをまって、シャーニッドが口を開いた。

「……届ける自信はないですか？」

「素直に言わせてもらえりゃ、そんなもんはないぜ」

「しかし、あなたしかいない」

「そういうことにしちまったんだろうが」

「他《ほか》に余裕があるのでしたらそうしました」

「あっちから言ってくれたんだぜ？」

煮《に》え切らないシャーニッドの態度に、フェリは苛立《いらだ》ちを隠せなかった。

「隊長を助けるのは、わたしたちしかいない。だから、あなたはここにいるのでしょう」

「そいつはわかってるけどよ」

「まぁまぁ……」

険悪な空気にハーレイが割って入ってきた。

「いまからでも飛距離を伸《の》ばせないかやってみるよ」

「……あまり時間はかけないでください」

「わかってるって」

シャーニッドから錬金鋼《ダイト》を受け取り道具を広げ始めたハーレイを一瞥《いちべつ》すると、フェリは念威からの情報に集中した。

どうすればニーナに伝えられるか。

あるいは、どうすればレイフォンをニーナに追いつかせることができるか。

フェリの頭には、いまそれしかない。

「おい、なんなんだフェリちゃん」

作業するハーレイの隣《となり》にしゃがみ込んでシャーニッドが小声で漏らす。

「んー」

ハーレイは苦笑《くしょう》を滲《にじ》ませて唸《うな》った。

「気負ってるんだと思う」

「なにを？」

「ニーナを助けたいっていうのと、レイフォンの力になりたいっていうの」

「はぁ？」

「二つとも気負って、頭が硬くなっちゃってんだと思う」

「ちっ」

ハーレイの言葉で理解したのか、シャーニッドはたまらないという顔で頭を掻いた。

「念威でいろいろ知りすぎるから、余計におれたちだけでやらないとって思ってるのか？」

「それもあるかも」

「かなわねぇな。おれたちそこまで超人《ちょうじん》じゃねぇぞ？」

ツェルニでレイフォンの戦いを見、そして以前にはグレンダンで天剣授受者《てんけんじゅじゅしゃ》たちの戦いも見ている。

極《きわ》めた武芸者がどれほどのものか、シャーニッドは知ってしまっていた。

そんな彼らが命を賭《と》して戦っているような状況でシャーニッドたちにできることはどれほどのものか、それがわからないわけではない。

ニーナを助けるためにやれることはやらなければならない。

「だけど、助けはいらないっていうのは、違《ちが》うと思うんだけどな」

「それは僕だってわかるよ。目的を達成するために手段を選んでられない」

言いながらも、ハーレイの手は止まらない。手にした錬金鋼《ダイト》の性能を少しでも上げるべく、考えついた手段を講じる。

「でも……」

「あん？」

「できるなら、僕たちだけでやり遂《と》げたい。その気持ちは、僕だってわかるよ」

「お前……」

「先輩《せんぱい》は、ちょっとへたれた？」

「ああん？」

「レイフォンといたときの方がカッコイイこと言ってた気がするよ」

「ハーレイが偉《えら》そうなことを言うな」

「くはっ」

額を指で弾《はじ》かれて、ハーレイが仰《の》け反る。

「そんなに言うなら見せてやらぁ。シャーニッド様のステキ活躍《かつやく》をな」

「イタタタ……お願いしますよ？」

「おうよ、任せとけ！」

鼻息荒《あら》く指を鳴らすシャーニッドに、ハーレイはこっそりと笑《え》みを漏《も》らすのだった。

†

ハーレイの改良は五分で終了《しゅうりょう》した。

「この銃は、もとからやってみたかったことを試《ため》しているから特殊《とくしゅ》なんだけど……」

「説明は簡単にお願いします」

長そうな予感がしたので、フェリは先手を打った。

「う、うん」

鼻白むハーレイの手にあるのはとても長い狙撃銃だ。砲身《ほうしん》の部分が途中《とちゅう》で二叉《ふたまた》に分かれているのは、これが剄弾を射出するためのものではなく、錬金鋼《ダイト》を飛ばすためのものだからだろう。

レイフォンに錬金鋼《ダイト》を届けるためだけにハーレイが開発した銃だ。

「簡単に説明すると、元来の武芸者用銃は、一定量の剄がないと弾《たま》が出ないし、それ以上の剄の充塡《じゅうてん》ができない仕様だったんだけど、それを変えて、段階的な充塡を可能にしてあるんだ」

「段階的な充塡？」

「そう、これ」

そう言って、ハーレイは銃の弾倉《だんそう》を取り出す。

弾倉の横には切れ込みの形で中に収まった銃弾を見ることができる。

「弾一発分を一つの単位にして、それを蓄積《ちくせき》、解放ができるようにしてあるんだ。だから、剄量でいろいろと調節できるようにしてある。今回の場合は射程距離《きょり》だけど、普通《ふつう》の銃に使えば破壊《はかい》力もね」

「では、それで？」

「どれだけ飛距離を伸ばせるかは、シャーニッド先輩の技術と剄力にかかってるけど、少しはやりやすくなってるはずだよ」

「やれやれ……」

受け取ったシャーニッドの顔色は優《すぐ》れない。

極度の緊張《きんちょう》が彼にのしかかっているのは、フェリにだってわかる。

「ニーナの位置は」

「おおよその見当はついています」

フェリは念威《ねんい》端子《たんし》を利用し、シャーニッドに地図を見せる。

「遠いな、くそっ」

そんなことを言いながら、シャーニッドは外縁《がいえん》部の端《はし》に立ち、構える。

「ちょっと試射するぜ」

「了解」

答えたハーレイが、シャーニッドに錬金鋼《ダイト》を渡《わた》す。

基礎《きそ》状態の錬金鋼《ダイト》が二叉に分かれた銃身にはめ込まれると、シャーニッドの周囲で空気が冷たくなったのを感じた。

極度の集中に入った証拠《しょうこ》だ。

フェリは息を呑《の》み、ハーレイもその場から動けなくなっていた。

「………」

構えられた銃口がほんの少しずつ動かされていく。微調整《びちょうせい》が繰《く》り返され、そして銃爪《ひきがね》が引かれた。

二叉に分かれた銃身から剄光が溢《あふ》れる。

光量に反して、発された音は圧縮空気が解放されたような軽い音だった。

目では追えない。

だが、フェリの念威は解き放たれた錬金鋼《ダイト》の軌跡《きせき》を追えた。

それは空へと高く上るという、急勾配《きゅうこうばい》の放物線を描《えが》いた。

落下する先は、しかしニーナには届かない。

「…………」

その結果を地図で示すが、シャーニッドはなにも言わずに新しい錬金鋼《ダイト》を装填《そうてん》する。

微調整の後、発射。

やはり、届かない。

「ラスト」

低い声でそう呟《つぶや》いたかと思うと、手早く次の錬金鋼《ダイト》を用意する。

微調整もわずか、銃爪に指がかかるまでの時間もそれほどなかった。

失敗するのではないか……そんな不安がフェリの胸に張り付いてくる。いままでの試射二発は、どちらもニーナどころかレイフォンにさえ届いていなかった。

試射とはいえこの様子では本番もだめなのではないか。

そんな風にフェリが考えていると、シャーニッドは気付いていたのか、いないのか。

次に起きた事象は、そんなフェリをからかっているかのようだった。

銃爪が引かれる。

「うわっ」

その瞬間《しゅんかん》、側《そば》にいたハーレイの体が浮《う》き、背後に飛ばされた。

ハーレイの悲鳴は射出音によってかき消される。いままで、圧縮空気の解放音のようだった静かな音が、いきなり鼓膜《こまく》が痛くなりそうな力強い銃声に取って代わられたのだ。

「っつ！」

いきなりの音にフェリは耳を押さえる。

そんな最中でも、彼女の脳内は念威の情報を整理している。シャーニッドの放った試射の軌跡を追っている。

それは、いままでにない高さまで上がり、そして落下していく。

続く結果は……

「……なんですか、いきなり？」

念威越《ご》しに届けられたのは、レイフォンの声だ。

「おう、景気づけの一本だ。どかんと使い捨てとけ」

「それなら、いざというときに」

シャーニッドがいままでの緊張を吹《ふ》き飛ばすように笑い、レイフォンは戸惑《とまど》い気味に会話を終わらせる。

レイフォンもニーナを追うのに集中している。こちらの状況《じょうきょう》を詳《くわ》しく問い詰《つ》めている余《よ》裕《ゆう》はないのだ。

だが、フェリは問い詰めたい。

「いまのは……？」

「奥の手だ。見たことあるだろうが」

「あ……」

思い出した。

ニーナを助け出すとグレンダンに侵入《しんにゅう》したとき、シャーニッドはいままで見たことがないような実力を発揮したことがあった。

「あれは、偶然《ぐうぜん》ではなかったんですね」

「聞かれないなとは思ってたが、それで片付けられてたのかよ」

「では、届けられますね」

「おうよ！　本番だ」

そう言ったシャーニッドがハーレイからそれを受け取る。

基礎状態の錬金鋼《ダイト》に似せた箱だ。その内部には念威《ねんい》端子《たんし》が詰められるだけ詰めてある。

「隊長本人に届かなくてもかまいません。ただ、彼女よりも前に飛ばしてください。念威《ねんい》端子《たんし》が一枚でも隊長に届けば……」

「わかってるよ」

フェリの言葉を止め、シャーニッドが集中状態に入る。

息を止め、結果を見守るしかない。

時間さえも凍《こお》り付いてしまったかのような緊張感《きんちょうかん》の中、シャーニッドの指が銃爪を引く。

特製の狙撃銃《そげきじゆう》が爆発《ばくはつ》するのではないか、そんな光が溢れ出し、特製の箱が射出される。

フェリの念威はその箱が先ほどよりも鋭角《えいかく》に空を裂《さ》き、さきほどよりも高い頂点に到達《とうたつ》し、そして滑《すべ》るように広大な戦場の一点を目指して落ちていく。

完璧《かんぺき》だ。

その軌跡を脳内に描き、フェリはこっそりと感嘆《かんたん》した。シャーニッドの描き出した軌跡は、こちらが導き出したニーナの進路を完璧に先回りしている。

箱はそのまま、フェリの予測した通りの軌跡を描き、炎《ほのお》と獣《けもの》が荒《あ》れ狂《くる》う戦場に落下した。

カツン。

着地の衝撃《しょうげき》が箱を揺《ゆ》さぶる。蓋《ふた》が開き、念威端子《ねんいたんし》が飛び出す。

ここからは、フェリの仕事だ。

飛び出した念威端子《ねんいたんし》を即座《そくざ》に自らの念威網《ねんいもう》に取り込み、強化を図《はか》る。

同時に、ニーナを捜《さが》す。

彼女の姿は、すぐに見つかった。

周辺には炎が暴れ、熱に満ち、そして化身《けしん》した化け物たちが暴れている。

その中を、ニーナは戦いながら進んでいる。

疾走《しっそう》の衝撃波で炎と熱を弾き、それを貫《つらぬ》いて襲《おそ》いかかろうとする火獣を鉄鞭《てっべん》で薙《な》ぎ払《はら》う。

この世のものとは思えない戦場を、止《とど》まることなく戦い続けるニーナの姿を見つけたときは、息が止まるかと思った。

どこかで、彼女が変わり果てているのではないかと思っていた。

無数の廃《はい》貴族を付けた末に暴走した剄に翻弄《ほんろう》された怪物《かいぶつ》となってしまっているのではな

いか、そんなことを考えていた。

しかし、そんな様子はない。

戦いに荒《あら》ぶるニーナは確かにおそろしいが、目に見える様子に変化はない。

では、内面は？

（隊長！）

彼女の予測進路上に重点的に念威《ねんい》端子《たんし》を配置し、フェリは叫《さけ》んだ。

「………」

戦いの轟音《ごうおん》が声を届かせなかったのか、ニーナからの返事はない。それどころか、フェリの念威《ねんい》端子《たんし》を無視して進もうとする勢いだ。

そんなことになってはシャーニッドの努力が無駄《むだ》になる。

（隊長！）

もう一度叫びながら、フェリは次の手を講じる。

ニーナはこちらに気付かない。

あるいは、気付こうとしていない。

フェリたちを無視して自分がやるべきだと信じていることをやろうとしているのではないか？

（隊長！）

させるものか。

呼びかけを続けながら、フェリは念威端子《ねんいたんし》の配置を変更《へんこう》する。

予想される進路の誤差範囲《はんい》にも配置しようとしていた念威端子《ねんいたんし》を急遽《きゅうきょ》呼び寄せ、一点に集結させる。

ここを通る。

最も確率の高い場所に念威端子《ねんいたんし》を集結させる。

さらに、そこで待ち受けるのではなく、ニーナに向かって飛び込んでいく。

ニーナの疾走は衝撃波を纏《まと》っている。迂闊《うかつ》に近づくものは粉砕《ふんさい》の結末を強制される。

それは、フェリの念威端子《ねんいたんし》も同じことだ。疾走中の武芸者が自らの技倆《ぎりょう》で衝撃波の一部を中和し念威端子《ねんいたんし》を受け取るのがこういう場合での定型の行動だが、それを期待できない以上、フェリなりのやり方をするしかない。

すなわち、衝撃波をこちらで中和するのだ。

念威端子《ねんいたんし》に紡錘陣形《ぼうすいじんけい》を取らせたフェリは、そのままニーナに向かって直進させる。

ただ突《つ》っ込ませるわけではない。

念威を利用した反射膜《まく》を形成した上での突貫《とっかん》だ。

何重も反射膜を張り巡《めぐ》らし、衝撃波に挑《いど》む。

ニーナが近づく。

炎を破ってニーナの姿が見える。

念威《ねんい》端子《たんし》からの情報がフェリに届くまでには誤差が存在する。それは、ほんのわずかな時間ではある。常人なら気にならないほどだが、戦闘《せんとう》中の武芸者であれば致命傷《ちめいしょう》となる誤差だ。

その誤差が突入からその結果までの一瞬をかき消した。


「っ!」


意味をなさない雑音が脳を掻《か》き回す。ツェルニの外縁部《がいえん》に立つフェリは、その場で気を失いそうになった。

霞《かす》んでいく目をギリギリで堪《こら》える。気付けば唇《くちびる》を噛《か》んでいた。血の味が舌に広がる。

現状は?

なにがどうなった?

雑音だらけの情報から真実を拾い上げる。

届いてくる念威の薄《うす》さが残った念威端子《ねんいたんし》の少なさを教えている。おそらく、ほとんどの念威端子《ねんいたんし》は衝撃波を突破することなく粉砕されてしまったのだろう。

では、残りの念威端子《ねんいたんし》は？

届けられるこの薄い念威を仲介《ちゅうかい》している端子はどこにある？

念威は刻一刻と淡《あわ》くなっていく、これはどういうことなのか？

弾《はじ》き飛ばされたか？

それとも……？

(隊長、返事をしてください)

一縷《いちる》の望みを込《こ》めて、言葉を紡《つむ》ぐ。

「………フェリ」

返事が、あった。

ニーナだ。

作戦は成功したのだ。

フェリの念威端子《ねんいたんし》は、ニーナに届いた。

(隊長。どういうつもりですか？)

「フェリ、いまは集中している。すまないが、話は後だ」

絞《しぼ》り出すようなニーナの言葉を聞きながら、フェリは念威端子《ねんいたんし》の現在の状況を確認《かくにん》する。

残った念威端子《ねんいたんし》はたったの一枚だ。それもかなり損傷している。

しかも、その一枚もニーナが受け取っているわけではなく、彼女の戦闘衣にひっかかっているに過ぎない。

彼女の手は一瞬《いっしゅん》も鉄鞭を離《はな》さない。

それだけ激しい戦場だということなのかもしれない。

が、本当にそれだけか？

よぎる疑念に、フェリは言葉を飛ばした。

（隊長、聞いてください。あなたは利用されています）

「利用だと？」

（はい。あなたは電子精霊《せいれい》の……）

「利用は誰《だれ》だってしている」

（え？）

「誰だって、自分がしたいなにかのために誰かを利用している。それがどう見えるかは、見た人間次第《しだい》で変わる」

「おいおい、そんな話をしてるわけじゃねぇよ」

ニーナの言葉はこちらで音声化していた。それを聞いたシャーニッドが呆《あき》れた声を上げる。

「斜《はす》に構えた人間関係図の話なんかじゃねぇ。いいか、ニーナ、お前は……」

「そんな話をしている暇《ひま》はない！」

「聞いてニーナ！　君の命が危ないんだ」

「ここに立っているときから、覚悟《かくご》はできている」

「そういう話じゃなくて！」

ハーレイの言葉にも耳を傾《かたむ》けない。

頑《かたく》ななその様子にフェリたちの周りの空気がもどかしさで包まれる。

「……隊長」

そんなときだ。フェリたちのいる場所でもなく、ニーナからでもない、第三者の声が混ざった。

レイフォンだ。

「……レイフォンか」

「隊長、いまから合流します。そこで待っていてもらえませんか？」

「それはできない。こんな状況《じょうきょう》を少しでも早く終わらせるために、わたしは行かなければならない」

「僕たちで協力すれば、もっとうまくいくはずです」

「いや、この戦いはそういう話ではない」

「隊長！」

「十七小隊ではどうしようもないんだ！」

その一言はフェリだけではなく、おそらく全員の胸を貫いたことだろう。

シャーニッドやハーレイはもちろんのこと、レイフォンにも。

「わたしは、任されたことをこなすしかできない。それ以外のことなんて……できないんだ！」

(隊長！)

嫌《いや》な予感にフェリは叫ぶ。

しかし、返事はあのときと同じ雑音だった。二度目は気を失うほどではなかったが、痛みは頭に響《ひび》く。

念威端子《ねんいたんし》はニーナの体から離れ、彼女の衝撃波で砕《くだ》けてしまったのだろう。

フェリはしばらく呆然《ぼうぜん》としていた。

念威端子《ねんいたんし》から逆流してきた頭痛のせいでもある。が、もちろんそれだけではない。

そして周りにある沈黙《ちんもく》も、フェリと同じ気持ちのはずだった。

「あいつは……」

最初に声を漏《も》らしたのはシャーニッドだった。

「そうなるかなぁと、ちょっとは思ってたんだけど」

ハーレイが天を仰《あお》ぐ。

「予想通り過ぎて、むしろ笑えねぇ」

「ここまで変わらないっていうのは、むしろすごいよねぇ」

「すごすぎて困ります」

珍《めずら》しいレイフォンの冗談《じょうだん》も乾燥《かんそう》している。

(すごくなんてありません)

なんとか頭痛の治まったフェリも口を開く。

フェリだって、言いたいことはある。

言いたいことは、たくさんある。

(あの人が一つのことしか考えられない猪突猛進《ちょとつもうしん》型の残念な頭の持ち主なのは当たり前に承知しています)

「うーんフェリちゃん、さすがに容赦《ようしゃ》ねぇ」

（自分ばかり悲愴《ひそう》ぶってこちらの苦労など知ったことではないという、あの酔《よ》いっぷりもいまさらといえばいまさらです）

「……なんだか僕まで責められてる気がする」

弱気なレイフォンの言葉に内心ではその通りですと言ってやりたかったが、いまはとりあえず堪えておく。

（ですが、そんなことよりも、さきほどの言葉には一つ、許せない部分があります）

「そうだな」

「あれは、ちょっとね」

「そうですね」

十七小隊ではどうしようもない。

この発言ばかりは、たとえニーナでも許すわけにはいかない。

ニーナが集めた第十七小隊《わたしたち》を否定することは、彼女自身にだってさせはしない。

（ツェルニの第十七小隊がどんなものか、見せつけてやりましょう）

「はい」

「そうだね」

「おうよ、そんでニーナに改めて『隊長にならせてください』と頭下げさせてやる」

（それは妙案《みょうあん》です）

意気を揚《あ》げ、第十七小隊は再び動き出す。

03　再会・再演・そして

痛みは胸にある。
だが、その痛みに足を取られている暇はない。
なぜなら、眼前には戦いがあるのだから。
ニーナが行かなければならない戦いがある。
大祖父の想《おも》いを、電子精霊たちの想いを運ばなければならないという役目がある。
だから、ニーナは疾走《はし》り続ける。
山のように聳《そび》える炎《ほのお》の獣《けもの》まで、もう少しだ。
そんな彼女の視界で次の変化は起きる。
それは当然だ。
なぜなら、彼女の向かう先こそがいま、この世界の中心なのだから。

†

ここにいたるまでにどれほどの時間が流れたのか？

お互《たが》いに、時間を数えるのはもうやめていた。

今日という日が来るまでにどれほどのものを失ったのか？

手に入るはずの一つのために、全《すべ》てを捨てる覚悟はできていた。

だからこそ、これだけは手放すことはできない。


グレンダンから去ったサヤはどこにいるのか？

彼女はニーナよりも早くその場所にいた。電子精霊の雛形《ひながた》ともなった、この世界そのものを創造した彼女にとってそれは難しい話ではない。

しかし、この世界を維持《いじ》するために力が注がれ続けられているため、いまのサヤにはそれほどの力はない。

この激動の状況を左右できるような能力はない。

だがそれでも、黒衣の少女はここにいる。

ここにいることを望んでしまう。

移動したサヤの姿は空にあった。

炎の獣のほぼ直上だ。燃え盛《さか》る炎の熱が上昇《じょうしょう》気流を生み出し、空中にいるサヤを弄《もてあそ》ぶ。

サヤの結界能力が熱の伝播《でんぱ》を防いではいるものの、それでもいまの状況は流れに翻弄《ほんろう》される球のような状態だった。

そんなことになるとわかっていても、サヤはここに来た。

ここに来て、それが起こる場面に居合わせなければと強く思ったのだ。

その場面が、いま、訪《おとず》れる。

炎の獣を吐《は》き出した空が再び裂《さ》ける。

巻き上げられた様々なもので淀《よど》んだ空の向こう側から、不可解な色を見え隠《かく》れさせた黒が姿を覗《のぞ》かせる。

オーロラフィールドが顔を覗かせる。

本来の世界を寸断することになった謎《なぞ》の空間……そこから二つの姿が飛び出してくる。

「アイン！」

その叫《さけ》びには数えなくなった時間がそのまま込《こ》められていた。

感情のないはずの機械人形が吐き出した言葉が、姿の一つに届く。

一つは、落下の軌道《きどう》を変え、サヤに向かってきた。

影《かげ》が覆《おお》うかのようにサヤと重なると、それは共に落下した。

コートの裾《すそ》が気流を叩《たた》く。

「久しぶりだ」

そんな音に混じって届いた声は、低い声で喜びを滲《にじ》ませていた。

「アイン」

「ああ、サヤ。再会を喜びたいが、そんな悠長《ゆうちょう》なことはやってられない。奴《やつ》がいるな」

「はい」

二人の眼下には炎の獣がいる。

それは、アイン……アイレインとサヤの二人が戦ってきたどれとも姿が違《ちが》った。

「アイン、あなたはこれがなにか、わかりますか？」

「イグナシスの残骸《ざんがい》、みたいなものかね」

「残骸？」

「そうだ」

灼熱《しゃくねつ》へと落下の最中だというのに、二人はどこかのんびりとさえ受け取れる様子で話をする。

「笑える話だが、イグナシスはおれが幽閉《ゆうへい》している間に精神的に死んだ」

「そうなのですか？」

「ああ。だが、しぶといことにあいつはどうやら、こっち側に自分の分体みたいなもんを置いていたみたいでな」

「分体ですか？」

「そいつは自分がイグナシスの欠片《かけら》だなんて知らなかった。ただ、こっちの世界に反映されちまったイグナシスの性格の断片《だんぺん》みたいなもんに振《ふ》り回されてるだけの、迷惑《めいわく》な奴ではあったろうが、悪い奴ではなかった」

「アイン、あなたはそれが誰《だれ》か知っていたのですか？」

「途中《とちゅう》からだけどな。それに、サヤも会ったことがあるぜ」

「え？」

「……ま、お互い。知ってたからどうだってわけでもないがな。だから気にするな」

「気にするのはアインではないでしょうか」

「かもしれんね」

そんなやりとりのうちに、灼熱は危険な距離《きょり》にまで近づいて来た。

「よっ……と」

そこでいきなり、落下の軌道が変化する。まっすぐに落ちていたはずが、いきなり横に引っ張られた。

サヤが目を向ければ、アイレインのコートから伸《の》びた一本の蔓《つる》のようなものが遠くの地面に突《つ》き刺《さ》さっている。その蔓が、サヤたちを引っ張っているのだ。

蔓に引かれ、サヤたちは無事に地上に降りることに成功した。

「さてサヤ。お互いに無事を確認《かくにん》したんだから、そろそろ安全な場所に行っとかないか？」

「いやです」

「む……」

「もう離《はな》れたくはありません」

「まいったね」

そんなことを言いながら、眼帯で片目を隠した姿のアイレインに困った様子はなかった。

「まっ、それもまたよしか」

「はい」

「生き残るも死に消えるも二人一緒《いっしょ》。まぁ、それぐらいは結末の選択《せんたく》をさせて欲しいもんだ、な」

「はい」

頷《うなず》くサヤは、その手から二丁の拳銃《けんじゅう》を生み出す。

彼のための武器を生み出す。

かつては、そうやって彼の側《そば》に居続けていたのだ。

元に戻《もど》れた。

その感慨《かんがい》が、炎獄《えんごく》の最中にありながら、サヤに充足《じゅうそく》を与《あた》えていた。

†

疾走るニーナにもその変化は見えた。

空が割れ、二つの影が荒《あら》ぶる炎の海に飛び込んでいく光景だ。

「……くっ」

新たな変化は新たな緊張感《きんちょうかん》を全身に浴びせかけてくる。

一人でいることを自覚してしまったニーナには、染《し》みるような痛みを感じさせる緊張感だった。

それでも、ニーナはそうであることを望む。

こんな覚悟《かくご》、誰と共有できるというのか？

空に現れた影の一つはそのまま落下していき、荒《あ》れ狂《くる》う炎の壁《かべ》が視界を遮《さえぎ》った。

では、もう一つは？

もう一つとは別の方向へと落ちていった影は突如《とつじょ》として進路を変えると、ニーナに向かって飛んできた。

「敵か」

ニーナは迫《せま》る火獣を薙《な》ぎ払《はら》いながら進んでいた。新たな妨害《ぼうがい》に苛立《いらだ》ちと緊張《きんちょう》がせめぎ合う。

やられる前にやる。その理念がいまのニーナをごく自然に動かしていた。周りにあるものは全て敵という状況《じょうきょう》だからこそできることでもある。

近づく影にもその理念は適用され、問答無用の衝剄《しょうけい》を放つ。

しかしまさか、その影が衝剄を避《さ》けるとは思わなかった。

衝剄を避けた影はぐるりとその場で回転すると、そのまま放置して駆《か》け去ろうとするニーナを追いかけ、併走《へいそう》する。

「あぶないあぶない。危《あや》うく殺されるところだった」

からかうような笑い声に、ニーナはそちらに目をやる。他人の心に入り込むことになれた声には、聞き覚えがあった。

「ニルフィリア……か？」

「そうよ。あなたには、会ったことがあるわね？」

「そうだな」

傲慢《ごうまん》を隠さない声に嫌悪《けんお》感《かん》と戸《と》惑《まど》いが交互《こうご》に現れる。

彼女を直視してはならないと経験が教える。ニーナは前を見ることに集中した。いまこの時も火獣《かじゅう》はニーナに襲《おそ》いかかっている。妖艶《ようえん》の少女に魅入《みい》られている暇《ひま》がないのは幸運だった。

「あの赤毛バカと仲良くしていたわよね」

赤毛バカが誰のことか。ニーナの中ですぐには答えに繋《つな》がらなかった。

だが、彼女とニーナが共通で知っている赤毛の人物となると一人しかいない。

「先輩《せんぱい》のことか？」

あらゆるものを魅了《みりよう》してやまない。ニルフィリアの魔性《ましよう》は声にも宿っているのか。彼女の言葉を無視することはできなかった。

出てきた答えも気になった。

グレンダンで彼を最後に見たのは、空にできた謎の穴へと向かっていく姿だった。

そのとき、側にはニルフィリアがいたのではなかったか？

「お前と一緒だったのではなかったのか？」

「ええ、そうよ」

含《ふく》んだ物言いがひっかかる。

苛立ちが募《つの》り、はっきりしろと怒鳴《どな》りたくなったが、それを堪《こら》えて先を急ぐ。

なんのつもりでここに現れたのかはわからないが、戦う気がない者を相手にする余裕《よゆう》はない。

「彼がどうなったのか、知りたくない？」

「いまはそれどころではない！」

ニルフィリアの質問は即座《そくざ》に切り捨てる。

なんのつもりか知らないが、彼女の遊びに付き合っている暇はない。

「わたしには、やるべきことがある」

「なるほど」

そう呟《つぶや》いたきり、ニルフィリアは黙《だま》り込んだ。

それでも彼女はニーナと併走して宙を滑《すべ》っている。ニルフィリアの周りには闇《やみ》のような影のような、不可思議な気体があり、それに彼女は乗っているような状態だった。

「……まぁ、あなたがそれをやりきれるのなら、その方が良いのかもしれないわね」

そんなことをニルフィリアが言う。

意味不明だが、やはり問い詰《つ》めている余裕はない。

ニーナは疾走《しっそう》を続け、火獣を薙ぎ払う。

薙ぎ払いながら、進む。

いつの間にかニルフィリアは離れていた。どこへ消えたのか？　目で追っている余裕はない。ディックがどうなったのか？　脳裏《のうり》からその疑問が消えることはなかったが、考え続ける暇もなかった。

火獣はいまも襲ってくる。

大気の熱は即死の温度に至っている。勁を絶やせばその瞬間《しゅんかん》にニーナは焼け死ぬことだろう。

足を止めれば火獣の群にのしかかられ、少しでも油断すれば熱気が彼女を消滅《しょうめつ》させる。

気持ちだけの問題ではない。ニーナの現在の状況が、彼女に止まることを許してはいなかった。

だが、もとより止まる気はない。

ニーナは疾《はし》走り続ける。

眼前に聳《そび》える炎《ほのお》の獣《けもの》には、もうかなり近づいている。

その、炎の獣周辺で新たな変化が起きていた。

続く変化は状況の激化を告げているのかもしれない。ニーナの心が握《にぎ》りしめられているかのように緊張する。

乱れていた炎の揺《ゆ》らぎと熱の流れに方向性のようなものができている。

それだけではなく、向かう先のあちこちで激しい光が明滅しているのも確認できた。

誰かが戦っている。

「……誰だ？」

都市連合の地点からニーナよりも早く飛びだした者はいなかったはずだ。

ならば、あの場所にいた武芸者ではない？

もしかしたら、武芸者ですらないかもしれない？

ニルフィリアのような超常《ちょうじょう》の存在が炎の獣と敵対しているのかもしれない。

それが誰かはわからない。

だがその瞬間、ニーナの中でなにかが起こった。

フェリたちやニルフィリアの声にも揺るがなかったニーナのなにかが、その瞬間、揺らいだ。

「っ！」

感じた揺らぎに誰よりも危機感を覚えたのはニーナだった。

「おおおおおおおおおおおおおおおおおおおおおおおおおっ！」

吠《ほ》える。

上げた気合いを速度に回す。炎を割り、火獣を吹《ふ》き飛ばし、進撃《しんげき》する。

その速度は明らかにさきほどまでとは違《ちが》う。ニーナを守る衝撃波もその激しさと厚さを増したものの、速度に相対して衝突の破壊力《はかい》も増している。

触《ふ》れた火獣の物理エネルギーが衝撃波を貫《つらぬ》き、ニーナの周囲を弾丸《だんがん》のように駆け抜《ぬ》ける。

それさえもものともせず、ニーナは速度を上げ続ける。

武芸者の肉体と勁の強化の限界に挑戦《ちょうせん》するかのように速度を上昇《じょうしょう》させ続け……

……そしてついに、ニーナは炎の獣に辿《たど》り着いた。

跳躍《ちょうやく》する。

壁のように聳える獣の体軀《たいく》の頂上を目指し、荒れ狂う炎から次々と生み出される火獣を踏《ふ》み台《だい》にしていき、ニーナはついにその場所に辿り着いた。

「ついに……」

その思いが一瞬、ニーナの胸を熱くする。だが、感慨に浸《ひた》る余裕はない。炎の熱はニーナを死の淵《ふち》に引き込もうといまも荒れ狂っているし、火獣は絶え間なく現れて取り囲もうとしている。

なにより、やらねばならないことはここにこそある。

そして、どこかから戦いの音が聞こえてもくる。

「どこだ？」

絶え間なく迫る火獣を薙ぎ払い、視線を巡《めぐ》らせる。

そのときだ。

周囲を森林のように覆《おお》う炎が大きく揺れた。穴を開け、なにかが突《つ》き抜けて行く。

到弾のようなそれは斜《なな》めの軌跡《きせき》を描《えが》くと、巨大《きょだい》な獣の胴体《どうたい》に食《く》らいつき、爆発《ばくはつ》を起こした。

飛び散る破壊の余波がニーナの体を押し、周囲にいた火獣を吹き散らす。

凄《すさ》まじい威力《いりょく》だ。

駆け抜けたそれは大地のように広がる獣の肉を貫き、破砕《はさい》し、奥深くに進行して、いまなお止まる様子がない。

これほどの威力はグレンダンにいた天剣授受者《てんけんじゅじゅしゃ》たちにも比肩《ひけん》する。

あるいはもしかしたら、凌駕《りょうが》するかもしれない。

それほどの破壊の凄まじさがあった。

「誰《だれ》が？」

天剣授受者《てんけんじゅじゅしゃ》たちにも比肩する破壊力だ。

だが、天剣授受者《てんけんじゅじゅしゃ》たちはグレンダンにいるはずだし、そのほとんどがさきほどまでの戦いで疲弊《ひへい》しているはずだ。

この戦いは、誰が演じているのか？

ニーナは視線を巡らし、そして避《さ》けた炎の向こう側にその姿を見つけた。

一組の男女が宙にいた。

男女は荒《あ》れ狂《くる》う炎の舌先を嘲笑《あざわら》うように右へ左へと巧《たく》みな回避《かいひ》運動を行っている。それが可能なのは男女の周囲で四方八方に張り巡らされた蔓状《つるじょう》の植物があるからだ。炎がそれを焼き払《はら》いはするのだが、その都度、新しい場所に蔓が伸《の》びていき、まるで減った様子がない。

新しく蔓が伸びた場所へと戦場を移しながら、男女は戦っている。

男はロングコートに拳銃《けんじゅう》のようなものを持っている。さきほどの破壊があの拳銃から放たれた一弾だということは、見ている間に引かれた銃爪《ひきがね》の結果が証明した。

その男の左腕《ひだりうで》に抱《かか》えられている女性……いや、少女に、ニーナは目を見張った。

ニルフィリアにそっくりだ。

だが、違う。

この少女は違うと、すぐにわかった。

同じ容姿をしていながら、宿した雰囲気《ふんいき》がまるで違う。

男の腕に抱えられた少女は、なんとその手に長い銃を構え、迫《せま》る火獣を撃退している。

飛び散る薬莢《やっきょう》は少女から少し離《はな》れた場所で黒い霧《きり》のように霞《かす》んで消える。

男に抱えられているばかりではない。驚《おどろ》くことに、少女は炎を避けて走り回る男の体を移動しては位置を変えて銃撃を行う。

しかもその際、彼女の腕から黒い靄《もや》のようなものが現れ、そして消えると、手にしていた銃が形を変えているのだ。

凄まじく弾丸を発射していたかと思うと、太い砲弾《ほうだん》を発射するものに変化し、さらには爆薬を満載《まんさい》して空中で自在に向きを変えるミサイルにまで変化する。

自律型移動都市《レギオス》ではコストが悪すぎると敬遠された兵器を、まるで手品のように出し入れして少女は戦っている。

男女の周囲にある気配は武芸者のそれと似ているようで、しかしなにかが決定的に違う。

不可思議だ。

しかし、その不可思議さに戸惑《とまど》っている暇《ひま》はない。

我に返ると、ニーナも戦いを始める。

巨大すぎて錯覚《さっかく》してしまいそうだが、彼女の敵はいま足下《あしもと》で大地のように佇《たたず》んでいる炎の獣なのだ。

「はぁ！」

勁を弾《はじ》けさせ、鉄鞭《てつべん》を振《ふ》るう。

廃《はい》貴族から流入する力が加速する。体内の経路を巡る力が摩擦《まさつ》を起こし、全身が燃えるように熱い。

振り上げた鉄鞭を足下に叩《たた》きつける。

巨大な獣に挑《いど》む。

それはニーナなりの宣戦布告の一撃だった。

硬《かた》い感触《かんしょく》の体表に鉄鞭は深く潜《もぐ》り込み、衝撃《しょうげき》を内部深くに浸透《しんとう》させる。

浸透の限界点に達した衝撃波はその場で破壊の放散を始めた。

衝撃波の拡大は周囲の組織を崩壊《ほうかい》させ、解放されたエネルギーが熱と化す。絶え間なく解放される熱は膨張《ぼうちょう》し、拡散を後押しする。

すなわち、爆発という結果を生み出す。

すでにある炎を天にまで昇《のぼ》らせる。

そんな爆発がニーナの周囲で連続した。

戦場が鬨《とき》の声を上げる。

炎の獣が咆哮《ほうこう》を上げる。はるか向こうにある三角錐《さんかくすい》のような頭が空に向かい、吠える。

熱波のたてがみが荒々《あらあら》しく乱れる。

それは苦痛の叫《さけ》びではない。

怒《いか》りの雄叫《おたけ》びだ。

もてあました怒りを声にして放ち。それでもなお解消されぬと怒り狂う底なしの咆哮だ。

ニーナの叩き込んだ一撃など気にもとめていない。

コートの男と黒衣の少女の戦いなど意識の埒外《らちがい》だ。

この炎《ほのお》に存在するのは、なにをどうしても晴らすことができない、底抜けの、泥沼《どろぬま》のような怒り……ただそれだけだ。

怒りにまかせて壊《こわ》して回るしかできない。

そんな、どうしようもない衝動の塊《かたまり》が、炎の獣《けもの》なのだ。

そういうものなのだと、ニーナは感じた。

咆哮に存在する剝《む》き出しの感情が、ニーナにそれを感じさせた。

「なんだそれは!?」

だから、ニーナは叫ぶ。

怒りに、怒りをぶつける。

救いようもない行為《こうい》だとわかっていながら、しかしニーナもまた、それを止められない。

「そんなものに、わたしたちを巻き込むな！」

素《す》の感情をぶつけ、ニーナは獣の頭部を目指して疾走《しっそう》を再開する。

こんなものが生命体としてちゃんと活動しているのかどうか、わかったものではない。

だが、頭部があるということは、その咆哮から感じた怒りが本物だとするなら、その部分にこの獣の意思が凝縮《ぎょうしゅく》されているのだと考えるべきだ。

「ならば、それを潰《つぶ》す！」

弱点を徹底的《てっていてき》に攻《せ》める。

それが、正しい戦い方だ。

もはや遠慮《えんりょ》する必要はない。ニーナはその身に宿した廃貴族たちを全開で働かせる。

「ジシャーレ、テントリウム、ファライソダム……」

彼らの名を呼ぶ。

「アーマドゥーン」

大祖父より受け継《つ》いだ廃貴族たちの名を呼ぶ。

仙鷲《せんおう》都市で生まれ、都市となる道を選ばずにこの日のために全《すべ》てを捧《ささ》げた電子精霊《せいれい》たちの結集だと、四体の廃貴族を指して大祖父はそう言った。

「メルニスク」

自律型移動都市《レギオス》になる道を選びながら、その都市が滅《ほろ》ぼされたことによる憎悪《ぞうお》で変質してしまった電子精霊がいる。

汚染獣《おせんじゆう》を憎《にく》み、汚染獣《おせんじゆう》を生み出す元凶《げんきよう》を恨《うら》み、結果としてニーナに力を貸してくれることとなった廃貴族がいる。

そして……

ニーナの中にいる名もなき電子精霊。

自らが何者になるかも選べないような時に災難に見舞《みま》われ、そしてニーナの命を救う道を選ばざるをえなかった……彼女の未熟の象徴《しようちよう》。優《やさ》しさの痛み。

「行こう」

それらを引き連れ、ニーナは疾走する。

行く手を遮《さえぎ》ろうとする炎を避《よ》け、あるいは衝撃波ではね除《の》け、ニーナは雷光《らいこう》となって頭部を目指す。

獣の頭部は、天を支える柱か、あるいは正反対に燃やし尽《つ》くそうとしているかのように太く高く、空へと伸びている。

こんなものを破壊《はかい》できるのか？

そんな不安が消えることはない。

「……やれないはずがない」

ニーナの中にあるものは、廃貴族はこのために長い時間を生きてきた存在たちだ。

たとえどんなものが現れようと、不可能という言葉が立ちはだかることはない。

「倒《たお》す！」

それだけを、ただ為《な》せばいい。

雷光と化したニーナはそびえ立つ頭部への接近に成功するとためらうことなく鉄鞭を叩き込む。

衝撃波はさきほどよりも速く深く内部へと浸透し、激しく広く爆発する。

瞬《また》く間《ま》に広大なクレーターができあがるが、しかしそれも獣の巨大さに比べればわずかな傷に過ぎない。

「次だ！」

ニーナは止まらない。

一つの傷で倒せないのならば二つで、三つで、四つで、いなくなるまで削《けず》り続ければ、いずれは無に帰る。

鋼《はがね》の覚悟《かくご》で、ニーナは周囲の炎に負けまいと剄を燃やす。

そんな彼女の戦いに、それは入り込んできた。

遠くで視界を掠《かす》めたそれは、さきほど見た蔓だった。

無数の蔓が獣の首に巻き付いていく。炎が蔓を燃やそうと呑《の》み込む。

瞬く間に燃え尽きるかと思ったが、それは意外な抵抗《ていこう》を見せて粘《ねば》った。最後には燃えてしまったものの、その粘りのために他《ほか》の蔓の侵攻《しんこう》を許してしまう。

見続けている暇などはないが、燃え尽きるまでの抵抗の間、光るものをちらしていたようにも見えた。

最初に見た時にもあんなものがあったのか？

思い返している暇はない。獣は怒りの咆哮を上げ、周囲の炎が激しく蠢《うごめ》いてニーナを焼こうとする。

ニーナは鉄鞭を振るい。打撃によるクレーターを足跡《あしあと》のように刻みながら、頭頂を目指してさらに疾走する。

そんな彼女を、蔓が追いかけてきた。

その蔓の上を走る、男女もまた。

「よう、嬢《じょう》ちゃん、がんばるな」

気安い呼びかけはニーナの苛立《いらだ》ちを募《つの》らせる。

「お前は、何者だ？」

疾走を止めることなく、ニーナは問う。

「説明が面倒《めんどう》だ。こいつと……」

そう言った男から一際《ひときわ》大きな銃声《じゅうせい》が聞こえた。

「因縁《いんねん》がある男だ」

銃撃の凄《すさ》まじい破砕《はさい》音が背後でする。

つまり、炎の獣のことをしているということか。

「そうか。だが、わたしの邪魔《じゃま》はさせない」

「そんなことをするつもりはないな。ていうか、この場合、おれが言うセリフじゃないか、それ？」

「知るか」

「ひでぇな」

ただの雑談だ。ニーナは無視して前に進むことだけを考える。

「待て待て待て、共闘《きょうとう》しようかって提案に来たんだ」

速度を上げて振り切ろうとしたら、あっさりと追いつかれた。

だが、口調はさっきまでと同じだ。

それは、この男がいまのニーナに匹敵《ひってき》する身体能力を使いこなしていることを示していた。

「共闘だと？」

「当たり前だろう。同じ敵を一緒《いっしょ》に倒そうってんだ。悪い話じゃない」

「…………」

「嬢ちゃんもなかなかすごい破壊力を持ってるみたいだからな。一緒にやれば早く片付く」

「…………」

「なんだ？　不満か？」

「いや……ただ、信用できないだけだ」

「信用なんてしなくていいさ」

「なんだと？」

「利用すればいいだけだろ？」

「…………」

「難しく考える必要はないが、まっ、嬢ちゃんの背中を撃《う》つようなことはしない。それでいいだろ？」

「勝手にしろ」

「そうさせてもらう。おっと、自己紹介《しょうかい》がまだだったな。おれはアイレイン、こっちはサヤだ」

「ニーナだ」

「よし、ニーナ。頼《たよ》りにしてるぜ」

誰《だれ》かに似た雰囲気《ふんいき》がある。

離《はな》れていく男女……アイレインとサヤの気配を感じながらニーナにその思いがよぎった。

シャーニッドがすぐに浮《う》かんだが、そうではない。

つい最近会った誰か。それもそう何度もあったことのない人物だ。

思い出せそうで思い出せない。

「気にしても仕方ない」

そんなもやもやした気分に捕《と》らわれたのも一瞬《いっしゅん》だ。ニーナはその一言でもやもやを切り捨てると、目標を見定める。

離れていったアイレインたちの気配も確認《かくにん》する。

彼らがなにをする気なのか、どう戦うつもりなのか？

それを見定める必要が出てきた。

†

「アイン」

ニーナと離れたところで、サヤが話しかけてきた。

「さきほどの方は」

「わかってる」

サヤがなにを言いたいのか、アイレインにはもうわかっていた。

「まったく。趣味《しゅみ》の悪いことを考えてくれる。ありゃ、エルミの影響《えいきょう》か？」

「どうでしょうか？　そういえば、あの人は……？」

「さあな。この騒動《そうどう》が始まってからは、見てる余裕《よゆう》はなかったしな。どっかでまた観測してるか、それとも腹を立てて引きこもってるか……」

どちらだろうと、もう彼女がこの騒動でなにかをしてくることはない。アイレインはそう確信していた。

「そんなことよりも、だ」

話を戻《もど》す。

「あれ、絶対気付いてないよな」

「気付いてはいないでしょう」

「かわいそうな話だ。利用されて捨てられて、だな」

「このままではそうなります。そうしますか?」

「そうする気なら黙《だま》って見ていただろうよ」

「そうですね」

「…………」

「どうかしましたか?」

「なんだか……変わったか? サヤ」

「どうでしょうか。そういうあなたも変わったのではないですか?」

「ん?」

「優しさが、わかりやすくなりました」

「はっ!」

腹の奥から笑声《しょうせい》がこみ上げてきて、アイレインは一息でそれを全《すべ》て吐《は》き出した。

余裕がある振《ふ》りをしてはいるが、あくまでも振りだ。本当にそんなものがあるわけではない。ここは戦場だし、この炎《ほのお》は尋常《じんじょう》ならざる存在であるアイレインでさえも殺すだろう。

そしてアイレインが死ぬときは、サヤが死ぬときでもある。

さらにいえば、サヤはこの世界の人間を見捨てる気がない。それが彼女の存在意義だからだ。

ならば、アイレインがこの世界の人間のために戦うのは当然のことだ。

「お前のためだからな」

「ありがとうございます」

言葉を交《か》わし、アイレインは征《ゆ》く。

†

頂点が見えた。

どこまでも伸《の》びていた炎の道がいきなり途切《とぎ》れ、その向こうには薄《うす》い青を広げた空があった。

「そこだ！」

遮《さえぎ》る炎を吹《ふ》き飛ばし、そこを目指す。

「おっと、最初はおれだ」

アイレインの声だ。途中、完全に姿を消していた彼の声がいきなり聞こえてきたかと思うと、背後にとてつもなく大きな気配が現れる。

その存在感に、ニーナは思わずその進路から退いた。

空けた場所を占領《せんりょう》して侵攻してきたのは、さきほど見たアイレインの姿ではなかった。

無数の蔓《つる》だ。

彼が足場にしていた無数の蔓が一塊《ひとかたまり》になって、絡《から》み合いながらニーナの後を追ってきていたのだった。

覆《おお》い尽《つ》くし、燃やし尽くそうとする炎をものともせず、蔓はニーナを追い抜《ぬ》いて頂点を目指す。

炎をはね除《の》ける蔓のあちこちでは、光が弾《はじ》けている。今度は気のせいではないとはっきりわかった。

弾けた光が無数の甲高《かんだか》い音を放って落ちていく。

「石？」

ニーナの衝撃波《しょうげきは》に弾かれて砕《くだ》け、あるいはあらぬ方向に飛んでいく光に、彼女は首を傾《かし》げたくなる。

炎を弾くと光る固体が生まれる？　こんな現象は見たこともない。

蔓の群は、大蛇《だいじゃ》のごとくにうねりながら頂点に達すると、とぐろを巻くようにしてその場に集結し、鎌首《かまくび》をもたげた。

そして拡散した。

視界のほとんどを埋《う》め尽くすほどにまで蔓の群は集結したかと思うと、いきなり急反転して塊《かたまり》を解《ほど》いたのだ。

無数の蔓の先が獣《けもの》の頭部を覆うように広がり、絡みつき、縛《しば》り上げる。

甲高い音がそこかしこで起こり、聴覚《ちょうかく》を揺《ゆ》さぶる。あの光の玉がそこら中で生まれ、赤で染め上げられていた視界で鮮烈《せんれつ》な白が明滅《めいめつ》する。

「やれ」

どこかからアイレインの声がする。

「いまならおれの侵蝕《しんしょく》でこいつの攻撃《こうげき》が通りやすくなってるはずだ。いけ」

こんな状態でも、声は冷静だ。

この不可解な状況《じょうきょう》に戸惑《とまど》っている暇《ひま》はない。

状況の変化はさらにもう一つある。

凄まじい圧迫感《あっぱくかん》が、凄まじい勢いでこちらに近づいてきている。

到の圧力だ。

レイフォンかと思ったが、わからない。

圧迫感に気が付いたときには、すでにそれはこの場に到達《とうたつ》し、暴風と振動《しんどう》で激しい自己主張を行っていた。

獣の腹部に命中したのだ。

「好機は外からも来たぜ」

アイインの言葉が背中を押す。

「お、おおおおおおおおおおおおおおおおおおおおおおおおお!!」

吠《ほ》えた。

全力で吠えた。

勝負はこの時だと決める。

全力で走り、全てに目をくれずにここまで疾《はし》走り、そしてやるべき場所に辿《たど》り着いたのだと決断する。

覚悟《かくご》する。

「アーマドゥーン!」

その名を呼ぶ。

「ジシャーレ! テントリウム! ファライソダム!」

大祖父より受け継《つ》いだ廃《はい》貴族たちに呼びかける。

「メルニスク!」

共に戦ってきた戦友に呼びかける。

名もなき命の恩人を脳裏《のうり》に描《えが》く。

いまこの瞬間に、あるだけ全てを使い尽くす！

「いけっ！」

アイレインの声は前に進むことだけを示し、ニーナは跳躍《ちょうやく》し、頂上に至った。

宙を舞《ま》うニーナは鉄鞭《てつべん》を掲《かか》げ、剄を満たす。

満たし、溢《あふ》れさせ、暴走する剄力に眩暈《めまい》を覚えながら必死に堪《こら》え、少しでも制御《せいぎょ》しようと意識を集中させる。

これで全てを終わらせる。

平和な世界がやってくる。こんな、わけのわからない戦いは終わる。

大祖父に託《たく》されたニーナの役目がこれで終わる。

誰かの役に立ちたい。いざというときになにもできない自分でいたくない。

そんな決意を込《こ》めてシュナイバルから飛びだした。

あの日から抱《いだ》き続けてきたこの想《おも》いを、願いを、いまこそ成就《じょうじゅ》できるときが来るのか。

形にできる日が来るのか。

充足感《じゅうそくかん》と虚無感《きょむかん》が混在する不確かな心境が一瞬だけ姿を見せたが、湧《わ》き出し続ける剄の摩擦熱《まさつ》がそれを燃やすのも一瞬だった。

溢れる剄には底はなく、二振りの鉄鞭に注がれ続ける。許容量の限界を危惧《きぐ》することはなかった。ツェルニに授《さず》けられた錬金鋼《ダイト》を信じていたというよりも、考える余裕がなかったというのが真実だ。

だが、とにかく、鉄鞭が許容量限界による自壊《じかい》を起こすことはなかった。

二つの太陽を抱《かか》えているかのような状況となり、ニーナはついに鉄鞭を振り下ろす。

「いけぇぇぇぇぇぇぇぇ！」

剄の圧力が両腕《りょううで》にかかり、ひどく重い。

ゆっくりとした振り下ろしは、頭上にある巨大《きょだい》な剄を同様にゆっくりと落とし、そして破裂《はれつ》させた。

視界が白に染め上げられる。

聴覚は瞬く間《またたくま》に遮断《しゃだん》され、全身の感覚が失われる。

気を失うのだとわかったときには、もう全てが黒く沈《しず》んでいた。

†

ニーナが覚悟を決めて技《わざ》を放つよりも前……

レイフォンは疾走っていた。

状況は芳《かんば》しくなかった。

(どうにかなりませんか?)

決意はあれ現実ではニーナに追いつけていない。それどころか、彼女はすでに炎の獣に到着《とうちゃく》してしまった様子さえもある。

両者の距離《きより》は引き離《はな》されてしまってさえいた。

そんな状況での、フェリからの問いだ。

「僕の方ではなんとも」

レイフォンとしてもそう答えるしかない。ニーナを追いかけているレイフォンも、彼女がそうしていたように火獣に襲《おそ》われながら疾走っている。

疾走の衝撃波で火獣をはね除《の》け、あるいは手にした簡易型複合錬金鋼《シム・アダマンダイト》で薙《な》ぎ払《はら》い。時に呑《の》み込もうとする炎の波濤《はとう》を斬撃《ざんげき》で割って切り抜ける。

そういうことを繰《く》り返しながらの疾走だ。

考えている余裕《よゆう》はなかった。

「ちょっと、仕込みもしてますから、これ以上は無理です」

(仕込み?)

「追いついたときに必要な、です」

（それは……）

「追いつけると信じています」

フェリが言いかけた言葉がなんなのか、レイフォンにはわかった。

追いつけなければ無駄《むだ》になる。

だから、いまは追いつくことを優先しましょう。

そういうことを言いたかったのだろう。

わかったから、言わせなかった。

追いつくことは前提なのだ。

それは、絶対に達成されなければならない条件なのだ。

それを超《こ》えた先にあるものに備えなければ、ニーナを救うことなど、できるはずがない。

「いまのところ、僕にこれ以上は無理です。でも、フェリや先輩《せんぱい》たちならなんとかしてくれると信じています」

（…………）

念威《ねんい》端子《たんし》からの返答はなかった。言葉を詰《つ》まらせているのか。

だとしても、レイフォンは信じるしかない。

「僕はここに一人です」

（レイフォン？）

「フェリが話しかけてくれますけど、ここにいるのは僕一人です」

（………はい）

「でも、僕は信じています。フェリや先輩たちは、必ず手助けしてくれるって。僕を隊長のところまで運んでくれるって」

（できることがあるなら、なんだってやります）

だけどなにも思いつかない。

その苦渋《くじゅう》の音が念威端子《ねんいたんし》からでも聞こえてきそうだ。

「フェリ……」

辛抱強《しんぼうづよ》く、レイフォンはフェリに語りかける。

（はい）

「相談できる相手は、僕以外にもたくさんいます」

（でも、シャーニッドやハーレイも思いつかないと……）

「そうじゃなくて……」

フェリの言葉で、レイフォンは「ああ、やっぱり」と思った。エルスマウとの会話でのフェリの態度がそうだったからだ。

「意固地になってる場合じゃないんだ」

　レイフォンは言った。

「それじゃあ、いまの隊長と同じなんだ。誰《だれ》の言葉にも耳を貸せなくなっていたら、隊長と同じようにとんでもない失敗を見逃《みのが》しているかもしれない」

（………はい）

「僕はここに一人だけど、フェリはそうじゃない。聞こうと思えば、フェリの念威で誰とでも繋《つな》がることができる」

（はい）

「だから、意固地にならないで。僕たちは全員で、なんとしてでも、隊長を助ける」

（はい）

「そのための手段を狭《せば》めている場合なんかじゃないんだ」

（わかりました。なんとかしてみます）

「お願いします。……フェリ」

（なんですか？）

「僕を、助けてくださいよ」

　こんな場所で、炎《ほのお》に囲まれて一人なのだから。

(あなたは一人でなんとかしてください)

ふと思いついて言ってみたのだが、ピシャリとはね除けられてしまった。

だけどそれは、いつもの彼女のようで、レイフォンは思わず頬《ほお》を緩《ゆる》めた。

(ありがとう、ございます)

擦《かす》れるような、囁《ささや》くようなそんな声が最後に聞こえた。緩んだ頬がはっきりと笑《え》みに変わった。

だけど、そんな表情もすぐに消える。

「……絶対に、追いつきますよ。隊長」

見据《みす》える先にある巨大な炎の獣《けもの》からは、剄の波動がヒシヒシと伝わってくる。すでに戦いを始めているのだ。

絶望的な状況《じょうきょう》になる前に。

「絶対に」

そのために、レイフォンははるか後ろにいるフェリたちのことを信じて疾《はし》走り続ける。

04　帰る場所を守る者たちより

あなたに言われたくないという言葉は、とりあえずぐっと呑み込んでおいた。

「まったく……」

唇《くちびる》を開き、フェリは生の言葉を吐《は》く。

リーリンに『僕たちの戦いだ』とか言っていたのはどこの誰だったのか？

言ってやりたかったが、言わなかった。

「いやいや、あれには意外に深い意味があったのかもしれないぜ」

フェリのため息でなにかを察したのか、シャーニッドはニヤニヤ笑っている。

「選ばれた人間だけが戦ってるわけじゃないんだぜ、的な？」

「そうかもしれませんね」

言い返す気力も失《う》せた。フェリは素直《すなお》に頷《うなず》いた会話を流す。

「それで、どうすんだ、フェリちゃん」

シャーニッドが尋《たず》ねてくる。

「おれもハーレイも策なしだ。こんな状況で妙案《みょうあん》が浮《う》かびそうな奴《やつ》に、心当たりはあるか？」

「ありませんね」

頭痛がしてきそうで、フェリはこめかみを揉《も》む。

ツェルニで作戦を考える人間といえば、武芸長や小隊長たちだ。彼らにこの状況を打破できる案は、あまり期待できなかった。能力がないという話ではなく、状況を理解してもらうのに要する時間を考えると、結果的に実現不可能になってしまうのではないかと、不安になる。

ツェルニにいなければその外ということになる。

外といえば、いま、ここには無数の都市が並んでいる。

そこにいる大人の武芸者たちに協力を求めるか？

「実力もわからない人たちに事情を説明して協力をなんて、それこそ時間がかかりすぎます」

「それなら、残ってるのはあれしかないんじゃね？」

そう言ったシャーニッドが示したのは自分たちの背後に見える都市だ。

ぼろぼろになって傾《かし》いでいる自律型移動都市《レギオス》がそこにある。

槍殻都市《そうかくとし》グレンダンだ。

「状況がわかってるだろう腕《うで》っこきの念威《ねんい》繰者《そうしゃ》に、おれたちなんか手も届かないような武芸者がわんさといる。相談するならここしかないだろ」

「しかし……」

シャーニッドが言いたいことはよくわかる。

しかしだからこそ、躊躇《ちゅうちょ》してしまう。

いまここで、彼らに頼《たよ》っていいのだろうか、と。

戦場はレイフォンたちがいる場所だけではない。火獣の大群は世界中に広がっているし、いま最も近い場所にいるツェルニをはじめとした都市連合にも危険は迫《せま》っている。

彼らのような強力な存在は、その脅威《きょうい》と立ち向かわなければならない。

全体の作戦を無視したこちらのわがままに付き合わせてもいいのだろうか？

そんな不安がフェリにはある。

「あの人たちの手を煩《わずら》わせて、本当にいいのでしょうか？」

「お前な～」

シャーニッドがあきれ顔でなにかを言いかける。

彼の言葉をせき止めたのは、都市内放送だった。

†

「あ、あーあーあー……テステス。ん？　んん？　あれ、これスイッチ入ってる？　あ、これが上がってないから聞こえてないのかな？　んん〜、よしっ！　ぎゃあっ！　うるさい！

ふぅ……これでいいかな？　あーあー聞こえてますかぁ？　あ、こっちから聞いてもわかるわけないか。あはは。

こんにちは、生徒会長のサミラヤ・イルケです。

正確な情報を皆《みな》さんにお伝えしたいのですが、あいにくと生徒会がちゃんと機能していないのであたしに情報が回ってきていません。

ゴルネオ武芸長や小隊長のみんなはしっかりしていると思いますので、武芸科の皆さんはそちらで指示を仰《あお》いでください。

もう、そんなのはぜんぜん大丈夫《だいじょうぶ》な状態だったら、ごめんなさいね。

ええと、一般《いっぱん》生徒の状況は、避難《ひなん》用に選ばれた都市にみんな避難することができました。

もうすぐ、その都市は出発しますので、安心してください。

ええとね、それで……

一般生徒の避難が終わったって言いながらお前はなにしてんだ？　って思ってる人がいると思うんだけど。

あたしは、残ることに決めました。

あたしが残ってなんになるんだー？　って言いたい人もいると思うんだ。たぶん、あたしだってそう思っちゃうだろうから。

だから、ちょっと説明したいんで、余裕《よゆう》がある人は聞いてください。

あたしは、前生徒会長のカリアン・ロスに憧《あこが》れて生徒会長に立候補しました。

カリアン会長は、本当にツェルニのことが好きで、二年生から上の人たちは知ってると思うけど大変な時期に自分から望んで生徒会長になって、どうにかしようってがんばってくれました。

もちろん、本当にがんばってくれたのは、ここにいる武芸科のみんなだっていうのはわかってるよ。

でも、前生徒会長はみんなには見えない裏側ですごいがんばってくれてて、あたしはそのとき生徒会の事務をしてたから、そういうのがすごい見えて、この人はすごいって思ってたの。

それで、この人が卒業してしまって、それでこの人ががんばってきたことが終わりになるのは嫌《いや》だなって思ったの。

ちゃんと継《つ》がなきゃって思ったの。

それは、次の武芸大会に備えるってことだけじゃなくて、それももちろん大事なんだけど、それよりも大事なのは、みんなが大事だって思えるような学園都市ツェルニにすることだと思うの。

だって、学園都市は時間が過ぎれば去って行かないといけない都市だもの。だからこそ、『ああ楽しかった』とか『充実《じゅうじつ》した六年だった』って思いたいの。

思って欲しいっていう気持ちもあるけど、あたしが思いたいの。

そうして、生徒会長に立候補して、みんなに助けてもらってこうして当選して、ようしがんばるぞーって思ってたのに、こんな状況。

嫌になるよね。正直に言うと、あの放送の人がカリアン前会長じゃなかったら、絶対、ここに来ることに賛成してなかったと思う。いまだってぶうぶう言いたいの我慢《がまん》してるのに、もしそうだったら、きっと我慢してなかったと思う。

『あたしの学園生活を返して！』って。

そんなこと言わないで戦おうとしてる武芸科の人たちはほんとにえらいと思う。

こんな状況で、みんながすごく勇敢《ゆうかん》で大変なことをしようとしてるときだってわかってるんだけど、それでも、あたしはこんな勝手をしようと思います。

あたしは、避難しないで、ツェルニに残ります。

無謀《むぼう》だし、なにもできないのはわかってるんだ。

だけど、残るよ。

それは、わかりきってることだと思うけど、あたしが生徒会長だから。

みんなが武芸者だからそこで戦ってるのと同じように、あたしも生徒会長だからここに残ります。

たとえ学生ばっかりの、素人《しろうと》の集まりみたいな都市だとしても、都市の長が大変なときに逃《に》げてましたなんて、かっこがつかないもんね。

だから、みんな……あたしを守ってね。

あたしを守って、学園都市を守って、それでみんな、無事に帰ってきてください。

それで、みんなでお祭りをしよう！

とびっきりに楽しいお祭りをしよう。

他《ほか》の都市の人たちがうらやましがるぐらいに楽しいお祭りにしよう。

楽しいお祭りにするんだから、涙《なみだ》なんて見たくないよ。

だから……みんな。

絶対に、生きて帰ってきてね」

†

都市のどこかで気炎《きえん》が上がった。

武芸者たちの雄叫《おたけ》びだ。

「これだよ」

シャーニッドが指を鳴らしてそう言った。

我が意を得たりと言いたげな顔が、無性《むしょう》に腹立たしいとフェリは思った。

「おれが言いたかったのはこういうことだ。さすがはおれたちの生徒会長だ。わかってる」

「なにがですか？」

たしかに生徒会長の演説には心を動かされるものがあった。

だが、結局は勝手をしているだけと本人も言っている。

「みんなに迷惑《めいわく》をかけているだけです」

「そういうことじゃねぇだろ。この声はよ」

シャーニッドがいまも聞こえてくる雄叫びを示す。

「勝手が悪いわけじゃねぇ。勝手でも良いもんがあるってことだ。あいつらの声を聞けよ。迷惑だなんて思ってあんなに叫《さけ》んでんのか？」

「……いいえ」

そういう声がないわけではない。

だが、ほとんどの声はサミラヤ会長の言葉に感動して気合いを入れている声だ。

「都合の良い身勝手だってあるって話だよ。会長の身勝手がおれたちの士気を上げたみたいに。おれたちがやる勝手だって都合の良いことが起こるかもしれないだろ？」

「都合の良いこと、ですか？」

「だいたい、考えてもみろって、ニーナを止めるにはあのデカイの倒《たお》さないと止まらないって、おれたち決め付けてるよな？」

「はい」

「それってよ。結局、いまある危機を根本で解決しようとしてるってことだろうが？」

「そうなります」

「たとえ勝手にでもそんな難しいところをやろうってんだからよ。ちょっと助けて欲しいって言うぐらいぜんぜん問題ないと思うぜ？」

「………」

「言うだけならタダだぜ？」

「タダとかどうとか、そういうことで躊躇しているわけではありません。わたしは……」

「勝手にやっていることなんだから、誰《だれ》にも迷惑をかけたくない」

「む」

「だろ？」

「……その通りです」

「気をつけろ、そいつはニーナ病だ」

「びょっ！」

いきなりのシャーニッドの発言に、フェリは言葉を失ってしまった。

「なんでも一人で背負い込もうとするところがニーナ病罹患《りかん》者の特徴《とくちょう》だ。特効薬は勇気を込《こ》めた第一歩だ」

「むぅ……」

「ちなみに、おれたちが時間をかければかけるだけ、当の感染源《ニーナ》の危機は増すし、レイフォンが苦労する時間も長くなる」

「わかりました！」

ここまで言われて嫌とは言えない。

半ば自棄《やけ》になりながら、フェリはエルスマウと念威を繫《つな》げた。

（事情はわかりました）

こちらの状況《じょうきょう》を伝えたエルスマウは冷静だった。

（最初に断っておいて、勝手なことを言っているとはわかっていますが）

（そんなことはありません）

恐縮《きょうしゅく》するフェリに対して、エルスマウの口調は変わらない。

（むしろ協力を申し出てくれ助かりました）

（え？）

（防戦の準備はすでにできていますが、攻勢《こうせい》に出たときにどうするかは、まだなにもできていない状況だったのです。あなたたちの状況に乗ることができれば、一足飛びに段階を進められます）

（そ、そうですか）

（すぐに返事はできませんが、こちらで作戦立案に長《た》けた者に話を投げてみますので、少々お待ちを）

（あの、それは誰ですか？）

その質問に深い意味があったわけではないが、少しだけ気になったので、聞いてみた。

（ハイア・ヴォルフシュテイン・ライアです）

あの傭兵《ようへい》だ。そういえばグレンダンにいた。

「ヴォルフシュテインって、レイフォンが天剣授受者《てんけんじゅじゅしゃ》のときの名前じゃなかったっけ？」

エルスマウからの声が途切《とぎ》れ、ハーレイが口を開く。

「あの傭兵が天剣授受者《てんけんじゅじゅしゃ》になったんだな」

シャーニッドもやや複雑な顔をする。

そういえば、彼が現れた最初の事件でシャーニッドの旧友がとんでもない目にあっていた。

「まっ、もうそんなこと気にしてる場合でもないんだがな」

割り切るシャーニッドにどう声をかけるべきなのか悩《なや》んでいると、エルスマウの声が響《ひび》いてきた。

（お待たせしました）

（いえ、はやかったですね）

本当に、あっというまだった。

（ハイアの提案に乗り気になられたので、話が早く決まりました）

（その、作戦というのは？）

（こちらの支援《しえん》でレイフォンの前に道を作ります。障害なく移動することができるなら、到着《とうちゃく》はすぐでしょう）

（しかし、その支援というのは……？）

（作戦そのものは単純です。私たちの情報支援や、狙撃《そげき》手の精度は求められますが……）

そうして、エルスマウはハイアの作戦を伝えてきた。

とんでもない作戦だった。

「できるのかよ、それ」

さすがのシャーニッドも半信半疑な様子だった。

「やるしかありません」

むしろ、フェリはかえって腹が据《す》わった。もう、こうなったらとことんやるしかないのだ。

ゴルネオと連絡《れんらく》を取り必要なものを用意してもらう。最初は彼も戸惑《とまど》い気味だったが、これから来る人物の名を出すと、瞬時《しゅんじ》に承諾《しょうだく》した。

堅物《かたぶつ》で疑い深い彼を問答無用で動かす。

そんな人物がこれからやってくるのだ。

「ああ、なんか腹が痛くなってきた」

シャーニッドはこの作戦でも狙撃能力を発揮しなくてはならない。さきほどとは違《ちが》う緊《きん》張感《ちょうかん》があるのだろう。本当に腹を撫《な》でていた。

そうこうしていると、用意してもらったものとともにハーレイが戻《もど》ってきた。

「お待たせ。すぐに支度《したく》するよ!」

輸送車両から飛びだしたハーレイとともに十人ほどの武芸者がそれの荷下ろしと設置を行う。

巨大《きょだい》な円筒《えんとう》形の金属の塊《かたまり》。

剄羅砲《ほう》だ。

複数の武芸者によって注入された剄を一度に放つという特性を持つ防衛兵器だ。一人では実力不足の武芸者がいたとしても、複数人で剄羅砲に剄を注げば、それは十分な破壊《はかい》力を持つ一撃となる。

そういう用途《ようと》として作られたものだ。

いまのこの状況ではなによりも必要とされる兵器であり、実際、ツェルニの各所にもすでに設置されているし、他《ほか》の都市でも同様の作業が行われている。

だから、この作業は剄羅砲の設置箇所《かしょ》が一つ増やされただけで、だ。

そう考えれば、少しは気が楽になる……か？

「本当にいいんですか？」

「うん。充塡《じゅうてん》要員は他で用意してあるから大丈夫《だいじょうぶ》」

「それなら……」

ハーレイと共にやってきた武芸者たちは、こういう後方での支援作業に慣れているらしい。設置作業は手慣れていて、無駄《むだ》がない。

それでも剄を注入する充塡要員がないままの剄羅砲設置作業には戸惑いを感じているようだ。

「それにしても、ほんとに来るのかね？」

「来ると言っているのだから、信じるしかないでしょう」

腰《こし》の引けた様子のシャーニッドがいい加減に鬱陶《うっとう》しく感じ始めた頃《ころ》……

「いや、おまたせおまたせ」

そんな呑気《のんき》な声とともにその人物はやってきた。

「うわっ、ほんとに来たよ」

シャーニッドが小声で呟《つぶや》く。

フェリだって、内心では腰が引けている。

だが、それを見せるわけにもいかない。

呼んだのは、こちらなのだから。

「よろしくお願いします」

頭を下げる。

「うむうむ。このアルシェイラ・アルモニスが来たからには万事《ばんじ》だいたい解決したも同然よ」

そんな風に胸を張る彼女の迫力《はくりょく》に、なぜだか安心感というものは存在しなかった。

これからやることを考えれば、それもまた仕方がないかもしれない。

剄羅砲による支援射撃で、レイフォンとニーナの間を邪魔《じゃま》する炎《ほのお》と火獣《かじゅう》を一掃《いっそう》しようというのだから。

一歩間違えればレイフォンを巻き込みかねない、危険な作戦だった。

†

まずまちがいなくこの世界で最強の武芸者であろう彼女が、どうして戦場ではなくこんなところに派遣《はけん》されることとなったのか？

それは、少し前に行われた作戦会議でのことだ。

「とりあえずは、防衛戦の構築ってことでいいのかさ？」

（はい。各都市で分担地区を決めました。わたしたちが担当するのはここからここまでです）

ハイアの質問に、この場にいないエルスマウは地図上に念威《ねんい》端子《たんし》を走らせて分担された地区を示す。

「おもったより狭《せま》いさ」

「同情されたんじゃね？」

ハイアの感想に答えたのはトロイアットだ。

「舐《な》められているな」

リンテンスが顔をしかめる。

「クソ思い知らせてやろうか」

バーメリンが物騒《ぶっそう》なことを言う。

「はいはいはい。そんなことばっか言ってないでまずはやることやりましょうか」

天剣授受者《てんけんじゅじゅしゃ》たちの放つ殺気をアルシェイラが手を叩《たた》いて払《はら》う。

「んで、エルスマウ？　ここを守ればいいわけ？」

「とりあえずは。炎の接近は反撃の体勢が整うよりも早いのです。まずはそれを凌がないことにはなにもできません」

「後手に回っているのねぇ」

「その通りさ〜。だから、まずは相手の出鼻《でばな》を挫《くじ》くことに全力を注ぐのさ」

そう言ったハイアは手にしたペンを地図に向ける。この場のために急いで作られた乱雑な地図の、グレンダンが担当する地区、その部分に尖《とが》った三角を描《えが》いた。

「かといって、本体のでかさからいって、この炎がちょっとやそっとで凌げるものだとはとても思えないさ。……となれば、うまいこと力を流しつつ本体に接近っていうのが一番だと思うわけだが、どうさ？」

そう言って、ハイアは他の連中を見た。

「紡錘陣形《ぼうすいじんけい》で穴を開けるか」

トロイアットが感心した様子で地図を見下ろす。

「旦那《だんな》の鋼糸《こうし》とおれの化練剄《かれんけい》で楯《たて》を作って突撃《とつげき》って感じだな」

「そうさ。他の連中はなにかあったときに動いてもらうさ」

「ふうん、なるほどね。悪くないんじゃないか？　旦那？　バーちゃん？」

「バーちゃん言うな、殺すぞ」

「……まぁ、こんなところだろう」

「よっし、それじゃあそういうことで」

ハイアがそう宣言すると、それでもう作戦会議は終了《しゅうりょう》という空気になった。

それは悪いことではない。決戦を前にして残った天剣授受者《てんけんじゅじゅしゃ》たちが結束しているという
ことで、上に立つ女王としても喜ばしいことだと素直《すなお》に思える。

だが……

「ねぇねぇねぇ」

「なにさ〜？」

「わたしは？」

「………………」

アルシェイラの質問に、ハイアは黙《だま》った。

とても、難しい顔をした。

「ん？」

「あのさ……」

「うん」

「女王って結局、どう戦うのさ？」

「はー？」

まさか、そんな質問がくるとは思っていなかった。

「いや、すっげぇ剄力なのはわかってるさ〜。だけど、結局おれっち、女王が戦ってるところは見れなかったさ〜」

つまり、戦い方がわからないから、作戦への組み入れ方もわからない。

ハイアはそう言っているのだ。

「しかも剄力半端《はんぱ》ないから、下手なことされたら作戦がグズグズにされそうさ〜」

「そんなことあるわけないじゃない」

アルシェイラは笑って否定した。

したのだが……

「するな〜」

「クソする」

「するな」

トロイアット、バーメリン、リンテンス、天剣授受者《てんけんじゅじゅしゃ》三人が揃《そろ》って頷《うなず》き合って、女王の笑《え》みを凍《こお》り付かせた。

「ちょっと、あんたたち……」

「絶対にやらかす」

「クソ間違いない」

「………」

「リン。あなたは信じてくれるわよね？」

「いや、やるだろう？」

「じゃあ、なんで黙ったのよ⁉」

「こいつらと同じことを言っているのがバカらしくなった。お前がやるのは絶対だからな」

「ああもう！」

さっきちょっと良い雰囲気《ふんいき》になったのはなんだったのか？　リンテンスの裏切りにアルシェイラは叫《さけ》ぶ。

「こいつだって協調性ないよ！　いいの？」

「糸《いと》の旦那は、むっつりだけど仕事は堅実《けんじつ》にこなすさ〜」

「あははは……むっつりだって！」

ハイアの思わぬ返しにアルシェイラは不覚にも笑ってしまった。

「そういうわけで、女王はおれっちたちが穴を開けるまで待機ということで」

笑っている間に強引《ごういん》に決定は下され、待てを言う暇《ひま》もなく彼らはその場を去って行ったのだった。

その後だ。

ハイアがいきなり「暇をしてると悪巧《わるだく》みしそうだから、手伝いにいけばいいさ〜」と、この話を持って来たのは。

†

そんな彼女の裏事情を聞かされた。

「どう思う？　すごいひどい話だと思わない？」

「はぁ……」

質問されても困る。口には出さなかったが、フェリは思った。

そしてさらに、もう一つ思うことがある。

「そりゃね、確かに協調性はないかなーと自分でも思うことはあるけどさ。それをね、あいつらに言われたくないわけ。お前らだってないだろーってさ」

「そうですか」

どうして、わたしは女王の膝《ひざ》に座らされて人形のように抱《だ》きしめられているのだろうか？

そんな疑問を彼女にぶつけてみたい。

ぶつけても良いのだろうか？

なにしろ相手はグレンダンの女王。天剣授受者《てんけんじゅじゅしゃ》たちを従える最強の武芸者だ。

こんなことを聞いても良いものなのだろうか？

天剣授受者《てんけんじゅじゅしゃ》たちを相手にしても態度を変えなかったフェリだが、さすがに女王相手だと躊躇《ちゅうちょ》せざるをえない。

到羅砲《ほう》の設置をしている作業員たちのチラチラ視線が痛い。彼らはアルシェイラが何者なのか知らない。

いきなりやってきた美女にフェリが可愛《かわい》がられているとしか見えようがない。

そしてそれが、覆《くつがえ》しようのない真実だというところがまた、フェリの自尊心を激しく傷つけた。

「あの、どうしてわたしはこんなことに？」

遂《つい》に覚悟《かくご》を決めて、フェリは尋《たず》ねた。

「それよ！」

いきなりの大声にフェリは体を硬《かた》くさせる。

そんなフェリをほぐすように、女王の手は彼女の体をまさぐった。

「いやぁ、わたし、これでも巨乳《きよにゆう》派なんだけどね。まさかこんな日が来るとは夢にも思わなかったわ」

「いや、あの……」

「誇《ほこ》りに思って良いわよ。あなたはわたしを変えたの」

「は、はぁ……」

「革命よ、これは。意識の革命ね。まさか巨乳でないことを許される女が存在しただなんて」

「…………」

それはつまり『ない』と言いたいわけか？

さすがにそれは、むっとする。

「来ていただいてこんなことを聞くのも失礼ですが、あなたにできるのですか？　剄羅砲の充塡《じゆうてん》量はけっこうなものですよ」

「さあ？」

「さあって……」

「やったことないけど、それって錬金鋼《ダイト》を蒸発させるより難しいのかな？」

「じょっ!?」

蒸発？

「そっ。ジュッてなるのよ。普通《ふつう》のだと。困っちゃうよね」

爆発《ばくはつ》は聞いたことがあるが、蒸発はない。しかもその身振《みぶ》りからして爆発さえも起きないということなのだろうか？

フェリはハーレイを見た。

剄羅砲の設定をしていたハーレイもこちらの話を聞いていたらしい。目を剝《む》いている様子が尋常《じんじょう》ではないことを示している。

「ま、なんとかなるでしょ」

カラカラと笑うアルシェイラに、フェリは今度こそ言葉を失い、為《な》すがままにされるしかなかった。

設置が完成するのにそれほど時間はかからなかったはずだ。

だが、フェリの体感時間は果てしなかった。

げっそりと疲《つか》れ果てたフェリに対して、アルシェイラは元気が溢《あふ》れている。

そんな彼女の前に剄羅砲は用意されている。

「充塡は陛下に、照準と射撃《しゃげき》はこちらに。それでよろしいですね」

「いいわよ。細かいことは苦手だから」

充塡するための受容機のまえにアルシェイラが立つ。少し離《はな》れたところに操作台があり、そこにシャーニッドが座っていた。

レイフォンたちの位置情報は、逐次《ちくじ》シャーニッドに伝えるのが、フェリの仕事だ。

「いいですか？　ここのラインが緑で染まったらいっぱいってことなんで、それで充塡はやめてください」

「はいはい。わかったわよ」

「それじゃ、お願いします」

ハーレイが離れる。

(作戦開始)

同時に、フェリがその場にいる全員に告げる。

(もうすぐ都市外での防衛戦が開始されます。空気の乱れに気をつけてください)

エルスマウからの注意がフェリの念威《ねんい》端子《たんし》に乗る。

「エルスマウはお節介《せっかい》が好きね」

アルシェイラは笑い。受容機に手を伸《の》ばす。

「こんなもの、そう難しい仕事じゃないでしょ」

水晶面《すいしょうめん》に手が触《ふ》れる。女王から溢れた刭の光が吸い込まれていく。

ピ――――――――――――――――!!

ボンッ!

それは、あまりにも呆気《あっけ》ない。

フェリたちの目の前で刭羅砲が煙《けむり》を上げる。

「ねぇ、緑になんて光らなかったけど?」

融解《ゆうかい》した受容機から手を離し、アルシェイラが振《ふ》り返る。

「…………」

「…………」

「…………」

誰《だれ》も、なにも言えなかった。

「こ……」

そう長くはなかったものの、沈黙《ちんもく》を破ったのはハーレイだ。

「交換《こうかん》！　すぐに交換！　修理より全とっかえの方が早いよ！　急いで！」

その叫びで、まだ控《ひか》えていた作業員たちも慌《あわ》ただしく動き始める。

騒然《そうぜん》となった現場でフェリとアルシェイラの視線が重なった。

「テヘッ」

「テヘじゃない」

自分が想像していた以上に、その声は冷たかった。

そんなアルシェイラの遠い背後で長大な爆発現象が発生する。

迫《せま》っていた真紅《しんく》の波が、多数の剄力によって弾《はじ》かれ、巻き上がる光景だ。

都市連合による防衛戦が開始されたのだった。

†

舞《ま》い上がる炎《ほのお》が空を隠《かく》す。

炎に紛《まぎ》れた火獣が飛び出してくる。

その数は……

「数えるのもバカらしい」

言ったのはクラリーベルだ。

天剣《てんけん》によって作り上げた胡蝶炎翅剣《こちようえんしけん》を閃《ひらめ》かせ、剄を変化させる。

外力系衝剄《がいりきけいしようけい》の化練変化《かれんへんか》、轟風氷渦《ごうふうひようか》。

極低温の冷気を乗せた風がクラリーベルの周囲で嵐《あらし》を巻く。

彼女めがけて襲《おそ》って来た火獣たちは冷気の刃《は》に切り刻まれ、炎の波も進行を遅滞《ちたい》させる。

その周囲で、彼女の第十四小隊が戦っている。

「さあさ、じっとしてると呑《の》まれるから、さくさく移動移動！」

「おうよ！」

景気よく答えたのは隊長のシンだけだ。あとの隊員たちはおっかなびっくりといった様子でその後に付いていく。

各都市の外縁部《がいえん》に設置された剄羅砲からの援護《えんご》射撃が、炎の波を押し返すのに一役買っている。

クラリーベルは発生させた冷気の嵐を維持《いじ》し、小隊の隊員たちはそこから漏《も》れた火獣の駆除《くじよ》にかけずり回っている。

動き回っているのはクラリーベルの小隊だけではない。ツェルニの全武芸者が戦っている。

さきほどの生徒会長の演説が功を奏したようで、士気は高い。

なんとか、うまくいっている。

「だけど、そう長くは保《も》たないかも」

クラリーベルはそう漏らした。

目の前にある炎の量は凄《すさ》まじく。

そして、その背後からさらに迫る炎もまた無尽蔵《むじんぞう》だ。

こんな状況《じょうきょう》を、ただ抑《おさ》えるだけで長く保たせられるわけがない。

「どっかで、ガツンとやれる機会がないと」

それをやるのは誰か？

天剣授受者《てんけんじゅじゅしゃ》か？

女王か？

それ以外の、運命に選ばれた誰かか？

「なんであれ、誰か早く終わらしてくれないかな」

そんなことを呟《つぶや》き、氷嵐《ひょうらん》の勢いを強める。

「この戦い、なんか虚《むな》しいもの」

†

ハーレイと作業員の尽力《じんりょく》の甲斐《かい》あって、次の到羅砲《ほう》の準備は早かった。

「壊《こわ》さないでくださいよ」

「わ、わかったわよ」

瞬《また》く間《ま》に立場は逆転し、フェリの一睨《ひとにら》みでアルシェイラが小さくなる。

とりあえず、これでなんとかなるだろう。

というよりも、これでなんとかしてもらわないと、次がない。

（シャーニッド）

フェリは、操作台に座る彼にだけ音声を送った。

（交換に時間を取られました）

「あーやっぱか？」

フェリの言葉で、シャーニッドは次になにを言うのか予想したらしい。

（機会は一度です。念威の中継《ちゅうけい》が微妙《びみょう》で、レイフォンの位置を特定するのも難しくなってきているのです）

「端子《たんし》ばら撒《ま》くとか言ってなかったか？」

（ばら撒いたようですが炎に長時間耐《た》えられていません。わたしのものは、隊長に壊されましたし）

「まったく、ニーナめ」

（そういうわけですので、一度でお願いします）

「わかったよ。クッソもう、泣くぞ、泣いてやるぞちくしょうめ……」

そんなことをブツブツと呟くシャーニッドから意識を離し、アルシェイラを見る。

彼女は、なんとも奇妙《きみよう》な顔で受容機と自分の手を交互《こうご》に見ていた。

（それでは、作戦開始）

フェリが告げる。

全員の視線を浴びて、アルシェイラが受容機に手を置く。彼女の手から現れた剄が、さきほどよりも慎重《しんちよう》に受容機に吸い込まれていくように見えたのは気のせいか。

「ストップウウウ！」

ハーレイが緊張《きんちよう》で喉《のど》を痙攣《けいれん》させた叫《さけ》びを放ち、アルシェイラが飛び退《の》くようにして手を離す。

（シャーニッド！）

蓄積《ちくせき》量を占《し》める計測器はすでに危険域を示す赤に変わっていた。

「おうよ！」

シャーニッドの声に、さきほどまでの荒《あ》れた様子はなかった。意識が集中され、尖《とが》っている証拠《しょうこ》だ。

空気が固着したかのような一瞬《いっしゅん》。

銃爪《ひきがね》を引くカチリという音が空気を敏感《びんかん》に震《ふる》わせた。

続く事象は、まっすぐに射出される剄羅砲の一閃《いっせん》。

そして、役目を終えた剄羅砲の砲身《ほうしん》が火を噴《ふ》いて崩《くず》れていくという光景だった。

†

背後からの圧力にレイフォンは足を止めかけた。

圧倒的《あっとうてき》な気配は回避《かいひ》可能域で感じたときからある。

判断を誤ればレイフォンも消える。そんな予感が刹那《せつな》の間に脳を駆《か》け巡《めぐ》り、そして止めかけた足で疾走《しっそう》を続けた。

避《さ》ける必要はない。

そう感じたからだ。

それが背後から……つまり味方がいるだろう場所からだから、というのももちろんある。

だが、レイフォンが足を止めなかったのはそれだけではない。

いまこの瞬間、レイフォンに向けて駆け抜《ぬ》けようとするこの圧力が、ただの『味方』という大枠《おおわく》からのものではないと信じているからだ。

これこそが、フェリたちが導き出してくれた解だと、信じているからだ。

だから、レイフォンは変わらず疾走を続ける。

圧力を感じてそれが接近するまでは、ほんのわずかな時間しかない。

レイフォンの横を光が支配するまでは、もっと短い。

その光と圧力は、レイフォンを覆《おお》う衝撃波《しょうげきは》の膜《まく》を火花で覆い、彼の行く手を阻《はば》んでいた火獣を吹《ふ》き消し、炎を飛ばした。

レイフォンの周囲は、瞬く間にまっさらな空間にすり替《か》わった。

邪魔《じゃま》するものはなにもない。

レイフォンと終着点である炎の獣《けもの》との間から、邪魔するものが全《すべ》てなくなったのだ。

いまなら……

「いける！」

意識して速度を上げたつもりはない。

だが、迫《せま》る炎や火獣に向けていた力がごく自然に疾走に注がれることになり、レイフォンの速度は上昇《じょうしょう》する。

放たれた巨大《きょだい》な一閃によって作られた空白だが、いつまでもそのままであるはずがない。隙間《すきま》を埋《う》めるように全周囲から真紅《しんく》が殺到《さっとう》してくる。

だが、もう遅《おそ》い。

レイフォンの足は止まらない。

その速度が落ちることはない。

止められるはずがない。

落とせるはずがない。

フェリたちがやってくれたのだ。

それなのに、レイフォンの期待通りにやってくれたのだ。

レイフォンがここで足を止めるわけがない。

速度を落とせるわけがない。

たとえなにが起ころうとも。

たとえなにが阻もうとも。

眼前でなにが起ころうとも。

「隊長のもとへ！」

辿《たど》り着き、彼女を救うのがレイフォンの役目だ。

そう、なにが起ころうとも。

遥《はる》か遠く、だが確実に近づいた炎《ほのお》の獣の頭上でそれは発生した。

援護《えんご》の一閃が炎の獣の腹を突《つ》き、傾《かたむ》いたのを狙《ねら》い澄《す》ましたかのような、あるいは便乗したかのように発生した。

巨大な、剄の球体だ。

さきほどの一閃よりもはるかに強力な圧力だが、流れてくる波動には馴染《なじ》みがある。

「隊長！」

ニーナのものだ。

レイフォンの背筋が嫌《いや》な予感で凍《こお》り付く。

「フェリ！」

（じょ……きょ………………）

「フェリっ!?」

（ね……きは…………レイ…………）

念威端子《ねんいたんし》からの声は雑音に呑《の》まれてほとんど聞き取れない。

もうフェリの声は届かない。

「あとは……一人でやるしかない」

いや、違《ちが》う。

ここまでの道をフェリやシャーニッド、ハーレイ、そして他《ほか》の誰《だれ》かに作ってもらった。

ここから先はレイフォンがやる。

最初に考えていた通り、役割の分担だ。

「隊長！」

あの到の球体が、レイフォンの危惧《きぐ》しているものではない。

それを信じて突き進む。

球体は獣の頭上で爆発《ばくはつ》する。

発生した衝撃波は、レイフォンの進路を埋めようとしていた真紅を改めて吹き飛ばし、更地《さらち》に変える。

大地を埋めつくしていたマグマを全て薙ぎ払い、火の雨に変える。

もろとも吹き飛ばされそうになったレイフォンだが、頭を下げて超《ちよう》低姿勢での疾走でそれをやり過ごす。

衝撃波が過ぎ去り、転がるようにして体勢を元に戻《もど》す。

眼前に広がった新たな展開に、レイフォンは目を見張る。

炎の塊《かたまり》が、レイフォンの前にあった。

†

やった。

意識の覚醒《かくせい》とともに、その感触《かんしょく》が全身を駆け抜けた。

自らの剄技と爆発によって放《ほう》り上げられたニーナは、まだ空にいた。

気絶は、本当に一瞬だったようだ。

鼓膜《こまく》を揺《ゆ》さぶる風の音がいまある感知できる状況《じょうきょう》の全てだった。視覚は強い光を浴び、肌《はだ》は強烈《きょうれつ》な衝撃波を浴びたためか、混乱による麻痺《まひ》状態だった。

鼓膜……聴覚《ちょうかく》がどうして生きているのか？

違う。

まず回復したのが聴覚だったというだけだ。

「かっ……」

詰《つ》まっていたものを吐《は》き出したかのように、声が出る。次の瞬間、全身を巡る剄の熱を感じたと同時に、五感が復活した。

「くっ！」

目を突く強烈な光が新たな混乱を呼びそうになる。
それを堪《こら》え、現状を確認《かくにん》する。
「ここは……？」
空だ。
太陽が見え、眼下には地面がある。
かなり高く放り投げられたようだ。
体は？
無事だ。
「状況は？」
炎の獣は？
世界を終わらせに来たあの化け物は？
いる。
いまだに、眼下の大地に巨大な体軀《たいく》をのさばらせている。
だが、頭がない。
ニーナが炸裂《さくれつ》させた剄技を受けたはずの場所がない。
「やったか？」

頭部は潰《つぶ》した。それがつまり、勝利に繋《つな》がるか？

あの獣は死ぬか？　倒《たお》れるか？

そうでなければ……

「頼《たの》む」

呟《つぶや》きが漏《も》れる中、ゆっくりと視界の絵が動く。

炎の獣が傾く。

倒れる。

「……やった」

思わず、そう呟いた。

「ああ、やったな」

いきなり聞こえてきた声とともに、落下を続けていたニーナの体に急制動がかけられた。

ニーナの体を無数の蔓《つる》が受け止めていたのだ。

アイレインだ。

ニーナを受け止めた蔓は、そのまま地面に運んでいく。

サヤとともに現れた謎《なぞ》の男は、受け入れにくい笑《え》みでニーナを迎《むか》えた。

「これで終わりだ」

アイレインにそう言われた瞬間《しゅんかん》、不可思議な感慨《かんがい》が胸を占《し》めた。男の片目が、崩《くず》れていく獣を見つめる。その深い色は、ニーナには計り知れないなにかが宿っているような気がした。

感情ではない。

もっと単純な、重荷から解放されたことによる感慨が、ニーナに移ったのか？

なら、感じているこれは重荷そのものだということか？

「イグナシスの亡霊《ぼうれい》は怒《おこ》ることに疲《つか》れていた。肩代《かたが》わりしたあいつをやれば、全てが片付く。あいつもようやく、人になれる」

「あいつ……？」

「こっちの話だ」

唇《くちびる》の端《はし》を吊《つ》り上げ、それで全てを誤魔化《ごまか》そうとする。ニーナはそれで、なにも聞けなくなった。

彼を取り巻くその感慨は、自分にはないものだと思ったからだ。

感慨の正体がなにか、ニーナにはなんとなくだがわかってしまった。

時間だ。

ニーナには想像もできないような時間を経たなにかが、アイレインとサヤの周りにはあった。

なにかしなければならないともがき、その末に大祖父から引き継《つ》いだ役割をこなしただけのニーナには、アイレインとサヤにある空気感の正体を本当の意味で見極《みきわ》めることはできない。

そう感じた瞬間に、ニーナはひどい劣等感《れっとうかん》のようなものに苛《さいな》まれた。

この場にいながら、この場にいることが許されていないような、そんな感触だ。

戦いながら、この戦いの意味を本当の部分で知らない。

そんな気がしてならない。

「わたしは、ちゃんとやれたんだな？」

「うん？」

「ちゃんと、やらないといけないことをやれたんだな？」

「……なににこだわってるか知らんが」

アイレインの隻眼《せきがん》がこちらを覗《のぞ》く。内面を見透《みす》かされたようで、ニーナは顔をそらした。

「あいつをほっとけばこの世界は滅《ほろ》んだ。いまだオーロラフィールドを排除《はいじょ》する方法が見つからない以上、この世界が崩壊《ほうかい》しちまえばほとんどの人間は逃《に》げ場《ば》なしだ」

アイレインがなにを言っているのか、ニーナにはほとんどわからない。

この戦いの裏にある事情を知っているか知らないか、ただそれだけのことだ。

知らなくても、やるべきことはやった。

それでいいはずなのに。

「お前はよくやった。それじゃ、だめなのか？」

「…………」

自分でも、よくわからない。

答えが見つからないまま、地面に辿り着く。

そこにあるものを単語にしてみれば、それはあまりにも簡単なものになる。


油断、だ。


倒れた獣《けもの》は崩壊への道をひた走っていた。残っている炎の勢いは失《う》せ、不完全燃焼が原因か濃《こ》い黒煙《こくえん》が濛々《もうもう》と昇《のぼ》っていく。

周囲へ広がっていた炎《ほのお》も放出が止まっている。

炎の獣は死に、残っているのは膨大《ぼうだい》な残骸《ざんがい》の後片付け。

それだけかと思えた。

光が点《とも》った。

湧《わ》いたその瞬間は弱く。

だがその次には、激烈《げきれつ》な光を宿した。

「なっ！」

それに気付いたときには、すでにニーナの視界は真紅《しんく》に埋《う》もれていた。

すでに不可避《ふかひ》。

死だ。

覚悟《かくご》する余裕《よゆう》もなく、それはそこにある。

「手負いの獣を……」

迫《せま》る運命を受け入れるしかない。それなのに動ける。それを線引きする決定的な差はなんなのか。

アイレインの声とともに、襟首《えりくび》を摑《つか》まれた感触があった。

引っ張られる。

「甘く見たか！」

次の瞬間、ニーナは投げ飛ばされた。あと少し油断が深ければ、それだけで頸骨《けいこつ》が折れていたかもしれない。そんな膂力《りょりょく》で投げ飛ばされ、瞬《またた》く間《ま》にその場から遠退《とおの》かされる。

投げ飛ばされるニーナが見たのは、暴れ狂《くる》う炎の塊に黒い影《かげ》が呑《の》み込まれる場面だった。

影はアイレインとサヤ……そのはずだ。

影は呑み込まれ、暴れ狂う炎の塊はそのままどこかへ向かっていく。

「くあっ！」

呆然《ぼうぜん》とそれを見ていたため、受け身が取れなかった。

地面を転がりに転がり、止まり、起き上がる。

炎の塊は、いまもなお暴れ狂っている。

その様は、痛みに正気を失ってのたうつ生き物のように見えなくもない。

「あ、ああ……」

それにアイレインとサヤは呑まれた。

無事でいるのか？

無事でいられるのか？

ニーナを庇《かば》ってそうなってしまった。

突如《とつじょ》として現れた自責の念が頭からニーナを押さえつける。

「わたしの、せいで……」

終わったかどうかもはっきりしていないのに、終わった気になんてなるから。

「わたしが、あの二人を……」

「まぁ、そう気に病《や》むな」

いきなり、別の声に慰《なぐさ》められた。

「あいつらの生き死になんて、あってないようなもんだ。心さえ無事ならなんとでもしてみせる。それがあいつらだ」

「……え？」

聞いたことのある声だった。

「だからこそ、精神的な活力の喪失《そうしつ》を奴《やつ》らは恐《おそ》れる。だからこそ、あいつらは自分の精神の有り様に忠実であろうとする、己《おのれ》の誇《ほこ》りを捨てることはできないし、望みのものを手に入れることを諦《あきら》められない。諦めが奴らを殺す。言葉遊びではなく、本当の意味でな」

知っている声だった。

「振《ふ》り回されると知っていながら己の怒《いか》りを捨てられない」

「……先輩《せんぱい》」

振り返ったそこにいたのは、赤髪《せきはつ》の男だった。

ディックだった。

ディクセリオ・マスケインが立っていた。

「よう」

この状況《じょうきょう》で突然に現れたディックに、ニーナは不安しか感じなかった。

ニルフィリアとともにどこともしれない場所に消えたはずの彼が、どうしていきなり、ここにいるのか。

「先輩……どうしてここに？」

「ん……ああ」

言葉を濁《にご》すディックの顔には疲れが滲《にじ》み出ていた。

「ニルフィリアと一緒だったのでは？」

ニルフィリアはもうどこかにいる。

ここに来る途中《とちゅう》で出会った。

それを知った上で、ニーナは尋《たず》ねている。

不安と不審《ふしん》がニーナを捉《とら》えて離《はな》さない。

なぜこの状況で？

どうして、獣を倒《たお》したと思ったところで思わぬ反撃《はんげき》でアイレインたちがいなくなったこの瞬間で、ディックは現れたのか？

アイレインを知っているかのように語るのはなぜだ？

アイレインが語っていた『怒りに疲れた男』とは誰《だれ》だ？

もしかして……

「……もう、わかってんだろ？」

「っ！」

見下ろすディックのその言葉で、ニーナの脳に火花が散った。

薙《な》ぎ払《はら》った鉄鞭は彼を捕らえなかった。

ディックが距離《きょり》を離した場所に着地する。

「なぜだ！」

ニーナは叫《さけ》んだ。

本当にそうなのか？

本当に、ディックがあの炎の獣の本体だというのか？

彼が、この世界を壊《こわ》そうとした張本人だというのか？

「狼面衆《ろうめんしゅう》と戦っていたあなたが、どうして!?」

「おれだって、それを言いたいところだ」

怒りが視界を歪《ゆが》ませる。歪みの中心で、ディックの姿だけがまともに映っている。消えようとする炎を宿したかのように赤髪が風に揺《ゆ》れている。

彼の手が自身の胸を摑む。

「この、どうしようもない性分《しょうぶん》に踊《おど》らされて、踊らされきったその末に辿《たど》り着いたのが、『鏡を見ろ』と来た。笑い話にもなりゃしない」

「……なにを言っている？」

「おれの事情だ」

皮肉を張り付けた顔で、胸を摑んだ手だけは皮膚《ひふ》を抉《えぐ》るほどに力強く握《にぎ》って、ディックはニーナを見ている。

「どうでもいいおれの事情だ。いまさらどうしようもない家庭の事情だ。情けなくて涙《なみだ》が出てくるおれの話だ」

「先輩……」

「だが、どれだけなにを言ってもいまさら変わらない話だ。やり直しなどきかない話だ。解放だと？　ふざけたことを。おれたちが精神の本質を失えばどうなるか？　それを知ってまだそんな寝《ね》ぼけたことが言えるか、アイレイン！　貴様はどこまでも甘い奴だ！」

「先輩……？」

喋《しゃべ》り続けるディックの表情が歪む。皮肉が消え、怒りが滲んでいく。

それに合わせて、彼の周囲で熱が発生している。

大気の温度が上がっている。

炎が現れようとしている。

「ああ、くそ！　ヴェルゼンハイムが全部持ってくなんて、そんなもんは夢物語だ。おれはおれだ！　誰の残滓《ざんし》だろうと、誰の願望だろうと、なにから発生しようと、そんなことなどいまさら関係ない。おれはおれでしかない。怒りで狂って悶《もだ》えて焼けて死んでいく。それがおれだ。それだけでしかおれはおれでいられない」

ディックがなにを言っているのかわからない。

だが、すべてわからないわけではない。

わかることもある。

ディックは自分で望んで世界の敵になっているわけではない。

炎の獣になって、世界を焼こうとしたわけではない。

理由はまるでわからない。

なにがどうなればこんなことになるのか、まったく想像できない。

それでも、この状況がディックにとっても不本意なことだということは、はっきりとしている。

「……先輩、これは止められないんですか？」

「無理だな。自滅覚悟《じめつかくご》でおれの怒りをあいつに全部託《たく》して、物理的限界のあるこっち側で倒しちまおうってのが作戦だったが、そううまくはいかないみたいだ」

「自滅……」

その言葉を聞いて、頭の奥でなにかが軋《きし》んだ。

「あいつは……」

そう言って、暴れ狂う炎の塊《かたまり》を指さす。

「ヴェルゼンハイム。おれに憑《つ》いていた廃《はい》貴族だ。だが、あいつをあんなにしたのはおれの中でどうにも消せない怒りだ。あっち側で真実を知って、へたれたおれを見捨てて、あいつはおれの怒りを全《すべ》て奪《うば》って暴走した。……まぁ、つもりになっていただけだったみたいだが」

言葉を紡《つむ》ぐごとにディックの表情が険しさを増していく。

一つの言葉が生まれる度《たび》に、温度が一度上がっていく。

彼から放たれる剄の密度が増していく。

「………」

「だが、どれだけ延焼を消し止めたところで、火種を残していたら火事はまた起こる。火種はおれだ」

「うっ」

彼の手が鉄鞭を握った。錬金鋼《ダイト》はどこにも持っていなかったはずだ。鉄鞭はどこからともなく現れた。

その鉄鞭は炎《ほのお》を纏《まと》っていた。ディックの剄を吸って、炎を吐《は》き出していた。

彼の放つ剄もまた空気の解けるその瞬間《しゅんかん》に炎へと化けた。

「さあ、最後の戦いだ。なんでここにいるのか知らないが、おまえがここにいる理由はこれで果たされる」

鉄鞭を肩《かた》に担《かつ》ぐ。

あの構えは……

「先輩……わたしは……」

「これ以上の問答はなにも生まん。さあ、やろうか」

瞬間、ディックの剄が膨《ふく》らんだ。炎を撒《ま》き散らしながら膨張《ぼうちょう》した剄は、次の段階で彼の体内に収束していく。膨大《ぼうだい》な剄が密度を増して彼の体内で高速巡回《じゅんかい》する。

肩に担いだ鉄鞭は炎を纏い、雷光《らいこう》を弾《はじ》かせる。

増していく剄の密度と、そこから生まれる狭《せま》い空間での凪《なぎ》現象にニーナは彼の本気を感じた。

「わたしは！」

「問答無用と言った！」

彼は待たない。

踏《ふ》み出した足は地面を圧し、次の瞬間には極大の稲妻《いなずま》が生まれる。

ニーナを砕《くだ》かんとする一撃が、迫《せま》る。

「はぁぁっ！」

遅《おそ》まきの剄がニーナを覆《おお》う。両の鉄鞭を動かす腕《うで》が重い。踏んだ二の足がニーナを責める。

違《ちが》う、そうではないと。

それはお前の戦い方ではないと。

迷うことなく踏み込めと、そう教わった。

教わったのは誰にだ？

武芸者としての戦い方は父に教わった。その心得も。武芸者としての基礎《きそ》は父に刻まれ
「先輩！」

た。

だが、それだけでは足りないと踏み出した足を着地させてくれたのは誰か？

ツェルニの仲間たち。

ニーナを小隊に引き上げてくれた第十四小隊。

ニーナが作った第十七小隊。

全てその通りだ。

だが、それだけではない。

この先へと進むための足をくれたのは誰だ？

『己《おのれ》を信じるならば、迷いなくただ一歩を踏み、ただ一撃を加えるべし』

この言葉をくれたのは誰だ？

「先輩《せんぱい》！」

その叫びは雷迅《らいじん》の轟《とどろ》きに呑《の》まれ、ニーナは宙を舞《ま》うこととなった。

生きているのはディックが手加減してくれたからではない。咄嗟《とっさ》に張った金剛剄《こんごうけい》の防御《ぼうぎょ》力を廃貴族たちが支えてくれたからだ。

「ぬるい、その程度か」

落下したニーナに、冷たい言葉を降り注ぐ。

「なんのためにここにいる？　なんのためにここに来た？　終わらせるためだろうが？」

「ぐっ……」

「おれが生きているかぎり、この炎は止まらない。いまはなくなっても、いずれまた現れる。何度でもやるぞ。何度でも燃えてくれる。なぜならば、おれという存在はどうしようもなくそうだからだ」

「先輩」

「さあ、止めるために来たのだろう。そのためにここにいるのだろう。ならばやってみせろ。迷うな。踏み込め。その手にあるものはなんだ？」

「できません！」

わたしは、なんのために？

「できるわけがない！」

なんのためにここまで来た？

なにかをするためにここまで来た。

誰《だれ》かのために、なにかのために、なにかができる人間になりたくてここまで来た。その究極がここにあるはずだった。

大祖父から引き継《つ》いだ使命を、世界が戦い続けてきたなにかとの決着を。

それは、ニーナの希望に添《そ》っていたはずだ。

誰かのために、なにかのために。

それができる場所がここにある。

それは、いまでも変わらない。

それなのに……

「できない！」

どうしてか？

ただの化け物がいると思っていた。

邪悪《じゃあく》がここにいて、それを倒《たお》せば平和が来る。

そう思っていた。

あの炎の獣《けもの》は、そういう意味でニーナの理想を体現していた。

それなのに……

「どうして、先輩が！」

ニーナに前へ進む足をくれたディックがここにいるのか。

ディックでなければ、まだ……そう考えるのは甘えなのか？

「どうしてもなにもあるか？　ここにあって、お前がそこにいる。ここにはもうこれしかない。因果の話などこれ以上は無意味だ。やるかやらないかだけだ」
鉄鞭《てつべん》を肩に戻《もど》し、駆《か》け抜《ぬ》けたディックが戻ってくる。
いまだ地面に膝《ひざ》を着いたニーナに軽蔑《けいべつ》の視線を送る。
「どうした？　世界を救いに来たのだろう？」
そうだ。
その通りだ。
だけど、だけど。
立てない。
ここに来るまでニーナを支えていたなにかが、いまはない。
なくなってしまって、どうしていいのかわからなくなっている。
「わたしは……」
ダメか。
それは、声だったのか？

「あん？」
ディックが怪訝《けげん》な声を漏《も》らす。
セントウホウキトハンダン。
サクセンヲツギノダンカイニイコウスル。
頭の中で複数の意思が合唱しているような、そんな感覚だった。
「なんだ？」
その異変がニーナを縛《しば》る。
指先が震《ふる》えた。痺《しび》れが走った。
力が抜ける？
違う。
鉄鞭を握《にぎ》る手は、より強く握りしめられている。
震えていた足は、震えをやめて立ち上がろうとしている。
だが、ニーナの心は立ち上がっていない。
ニーナの気持ちは鉄鞭に心を込《こ》められない。

それなのに、ニーナの体は立ち上がり、鉄鞭を握りしめている。

「これは？」

そう言ったつもりだが、唇《くちびる》は動かなかった。

視線がディックを捉《とら》える。だが、ニーナがそうしたわけではない。

「バカが、電子精霊《せいれい》に踊《おど》らされたな」

ディックの言葉で事態が少し理解できた。

「アーマドゥーン？　ジシャーレ？　テントリウム？　ファライソダム？」

大祖父から引き継いだ廃《はい》貴族たちに呼びかける。

だが、誰もニーナの呼び声には応《こた》えない。

「どういうことだ!?」

声になっていない叫《さけ》びを放って……そしてすぐに己の愚《おろ》かさに気付いた。

彼らは、何者だ。

彼らは、なんのためにここに来た？

彼らは、どうして廃貴族になった。

そう、全《すべ》てはこの日のため、この瞬間《しゅんかん》のためだ。

この世界を崩壊《ほうかい》に導く存在を倒す。そのためだけに廃貴族になり、この日に備えてきた。

その目的を果たそうという直前まで来て、ニーナが心を折りそうになっている。いいや、心折れている。

そんなことを、彼らが許すと思うか？

失敗を、彼らが許容すると思うか？

わかりきっている。答えは否《いな》だ。

ならこれは、最初から想定されていた？

わたしは、ただ、ここに来ればよかっただけか？

アナタニテツノイシガアレバコウハナラナカッタ。

その声は、はっきりとニーナを責めていた。

もはやニーナの体はニーナのものではなかった。

鉄鞭を握る手に感触《かんしょく》はなく。大地を踏《ふ》む足に実感はなかった。宙に浮《う》くような危《あや》うさがニーナを支配し、なにもかもが自分から離《はな》れていく絶望感が支配した。

背後で聞こえた爆発《ばくはつ》音と、それにディックが顔をしかめた理由もわからなかった。

体を駆け巡《めぐ》る剄圧の急上昇《きゅうじょうしょう》の意味がぼんやりと理解できた。

それはまさしく、この瞬間のために生きていたという言葉を体現していた。

この瞬間に意味があり、この先に生はない。

つまりはそういうことだった。

やめろという言葉さえも浮かばない。

これは、自分の愚かさが導き出した最悪の結末だった。


そのはずだった。


誰かが、ニーナの体を、ニーナのものではない動きを止めた。

「そこで止まれ」

冷たい言葉が、ニーナを打った。

「その体は、お前たちが好きにしていいものだと思うな」

ああ……

その声には覚え以上のものがあった。

「お前がやるのか？」

ディックがニーナの後ろにいる誰かに話しかける。

「お前がおれを止めて、これを終わらせるのか？」

そんな問いに。

「そんなことは知るか」

彼はそう言うのだ。

「僕は隊長を連れ戻《もど》しに来ただけだ」

前に進もうといまもなお力を込《こ》めるニーナの体を、彼は腕《うで》一本で押さえつける。

「邪魔《じゃま》をするなら、その全てを薙《な》ぎ払《はら》う。それだけだ」

「いいな」

ディックが笑った。

「そういうのは嫌《きら》いじゃない」

彼の足の向きが変わる。

肩《かた》に担《かつ》いだ鉄鞭の角度が変わる。

定められた雷迅《らいじん》の方向が変わった。

この瞬間、ディックの牙《きば》の向く先から、ニーナは外された。

彼女の後ろに向けられた。

そこに立つ者に向けられた。

「レイ……フォン」

なんとか絞《しぼ》り出した声で彼の名を呼ぶ。

「なら、お前になにがあるのか？　それを見せてみろ」

レイフォンの手が肩から外れる。

彼が、ニーナの前に出る。

彼の背を見上げて、ニーナは気付いた。

レイフォンの手には、錬金鋼《ダイト》がなかった。

†

レイフォンがニーナの前に立つ、その前……

迫《せま》る炎《ほのお》の塊《かたまり》に、レイフォンは瞬間で決断した。

溜《た》め込んだ奥の手を使うときが来てしまったと。

「くっ」

レイフォンが考えていたのはこの時ではない。

だが、いま使わなければニーナのもとへは辿《たど》り着けない。

やるしかない。

苦渋《くじゅう》の決断を即座《そくざ》にし、レイフォンは剣帯《けんたい》に手を伸《の》ばした。

その剣帯は、ハーレイが渡《わた》してくれたものだ。

剣帯の金具をちぎって引きはがすと、レイフォンはそれを振《ふ》り回す。

剣帯に収められていた無数の錬金鋼《ダイト》が、宙に投げ出される。

「レストレーション！」

復元鍵語《ふくげんけんご》を叫ぶ。

その瞬間、宙に舞《ま》った錬金鋼《ダイト》が一斉《いっせい》に光を放ち、復元した。

宙に舞う無数の簡易型複合錬金鋼《シム・アダマンダイト》の刀は不可思議な動きをすることになる。

落下に向かって軌道《きどう》を変えようとする刀の群に巨大《きょだい》な光が突《つ》き刺《さ》さった。

剄の光、レイフォンのものだ。

外力系衝剄《がいりきけいしょうけい》の変化、轟剣《ごうけん》。

刀身に纏《まと》われた膨大《ぼうだい》な剄がそのまま新たに巨大な刃《は》を形作っている。

宙を舞っていた簡易型複合錬金鋼《シム・アダマンダイト》たちは、なんとその刃に次々と吸い寄せられていったのだ。

そして、そうなることがごく自然であるかのように、吸着した刀は次々と新たな光を放って剄の刃を生み出していく。

これが、レイフォンの奥の手だ。

ハーレイが用意してくれた簡易型複合錬金鋼《シム・アダマンダイト》の全てに連弾《れんだん》による剄を仕込み、一度に消費する。

化練剄の技《わざ》である伏剄にも似た使用法だが、化練剄ほどに精緻《せいち》な使い方はできない。思いつきでやっているためというのもあるが、分断しておいた剄を小分けにして使うということができない。

たった一度の大技だ。

外力系衝剄《がいりきけいしょうけい》の連弾変化《れんだんへんか》、轟剣・七支《ななつさや》。

「邪魔を、するなぁぁぁぁぁぁぁぁぁぁぁぁぁ!!」

無数の錬金鋼《ダイト》と剄によって生み出された刃の大樹は迫り来る炎の塊に食《く》らいつき、両断し、衝撃《しょうげき》による形態維持《いじ》の限界に達して爆発した。

膨《ふく》らむ衝撃波が炎を吹《ふ》き散らす。

結果を確かめない。

レイフォンの足は止まらない。

分断した炎の真ん中を突っ切る。

その向こうに、ニーナが見えた。

そうして、レイフォンはここに立っている。

†

「武器なしでここに立つ」

レイフォンを見て、赤毛の男はそう言った。

この男が、騒動《そうどう》の中心？

意外な気持ちがあるにはあるが、それに拘《こだわ》る気はなかった。

「そういうのは嫌いじゃない。だが、素手《すで》でどうするよ？」

男の声は、侮《あなど》っているわけでも、嘲《あざけ》っているわけでもなかった。どこか好意さえも感じさせる様子は、こちらの調子を狂《くる》わせる。

そういう作戦か？

「あなたに勝ちたくてここにきてるわけじゃない」

「はっ、それで？　なるほどわかったって、おれが逃《に》がしてやると思うのか？」

「…………」

「おれが聞きたいのは、素手でどうするのかってことだ。逃げさせやしねぇし、ニーナを助けに来たのならなおさら逃げるなんてできるわけねぇ。そんなことをしたら、いまのところは大人しくなったそいつらが、また動き出すだけだ」

この男は、ニーナの中にある廃《はい》貴族のことを知っている。

さっき動きかけていたから、それで察したのか？

「……僕も言ったはずだ」

背後にはニーナがいる。

眼前には赤髪《せきはつ》の男がいる。

周りはさっきから続く爆発のせいでなにもかもが遠くに追いやられ、戦場らしくない静けさがあった。

「邪魔するなら薙ぎ払う」

「それができるのかって、おれは聞いてんだけどな。さっきから」

「できるよ」

そう言ったレイフォンは手を上に掲《かか》げる。

この状況《じょうきょう》なら、絶対に来るはずだ。

レイフォンは信じていた。

「僕は、一人じゃない」

次の瞬間《しゅんかん》、空で破裂《はれつ》音がした。

花火のような破裂音だ。

続く風切り音はなにかが落下していることを示し、その一つがレイフォンの手に吸い込まれていく。

錬金鋼《ダイト》だ。

さっき失ったものと同じ、簡易型複合錬金鋼《シム・アダマンダイト》だ。

その他《ほか》にもいくつかの練金綱《ダイト》が地面に落ちる。

落下してきたものは、それだけではない。

（中継《ちゅうけい》を強化しました、もう切断は起きません）

フェリの声が周囲に響《ひび》く。

（ようレイフォン。どうよおれの援護《えんご》は？）

「完璧《かんぺき》です」

（そうだろうよ）

（僕の技術力も忘れないでよね。その銃《じゅう》を急造したのは僕なんだから）

（黙《だま》れ数打ちゃ当たるの錬金鋼野郎《ダイトやろう》）

（ひどい！）

わいわいと聞こえる声が体から力を抜《ぬ》く。笑《え》みさえも浮《う》かんでくる。

手にした錬金鋼《ダイト》を復元する。

「武器はある。いくらでもある。お前を倒《たお》すのにも困らないし、ここから逃げるのにも困らない」

「簡単に言ってくれるな」

こちらの復元に対応するかのように、赤髪の男が剄を放つ。

「このおれに勝つのが簡単だって言うのか？」

炎を孕《はら》んだその剄の圧力はレイフォンを押しのけようとする。

それだけで、実力差がはっきりとしてくる。

「レイフォン……だめだ、逃げろ」

背後でニーナが苦しげにそう言った。

「お前では、勝てない。だから……」

「……逃げるのはかまわないんですけど、隊長さえ持って帰れれば」

「レ……フォン？」

「それができないならここにいなければいけないし、邪魔《じゃま》するものは排除《はいじょ》しないといけない」

「ば……か……わたしなんか……ために」

「隊長はなにもわかってない」

「……な、に？」

本気でわかっていないらしい。

そんなニーナの様子に、念威端子《ねんいたんし》の向こう側から苦笑《くしょう》の空気が流れてきた。

（わかったか、フェリちゃん？　これがニーナ病だ）

（こんなものに罹患《りかん》しかかっていたなんておそろしい話です）

（やっぱ、根本を治さないといけないよな）

（ええ、まったくです）

「おま……え、た……ち？」

「僕が倒せなくたってかまわないんですよ」

戸惑《とまど》うニーナに、レイフォンは語りかけた。

もちろん、目は赤髪の男に向けたまま。男は、レイフォンたちの会話を邪魔する気はなさそうだった。

剄の威圧《いあつ》だけは時間とともに増してはいるが。

「隊長が倒せなくてもいいんです。僕たちの後ろに誰《だれ》がいると思ってるんです？　まだ陛下だって控《ひか》えてる。リンテンスさんたちだっている。僕たちの知らない達人が、背後の都市には控えている」

（その女王様ですが、早くそちらに行くように言ってもらえませんか？）

（ええ？　まだ余裕《よゆう》そうだからいや〜）

（誰かこの変態をなんとかしてください）

（無理）

（無理かな〜）

（この役立たずども！）

「……ともあれはっきりしているのは」

あの人の空気破壊《はかい》を相手にしていたらきりがない。レイフォンは続けた。

「こんな戦いで、隊長が命を捨てる必要なんてないっていうことで、それを止めるためならば、僕たちは命をかけられるってことですよ」

（いや、それはおかしい）

（命はちょっと）

（矛盾《むじゅん》してることを平気で言わないでください）

（あはは、レイフォン滑《すべ》った〜〜〜）

「ああもう！　陛下は黙っててくださいよ！」

まったく、かっこがつかないったらない。

「だから、大丈夫《だいじょうぶ》なんですよ。こんなところで無理しなくても」

「レイ……フォ…………ン？」

髪を掻《か》き回し、レイフォンは言い放つ。

「誰かがなんとかしてくれる。そんな考えだけでもだめでしょうけど。だからって、なんでも一人で背負い込む必要だってないんですよ。自分がだめなら、誰かがなんとかしてくれるんです」

そう。グレンダンで孤児院《こじいん》を守ろうとがんばって、結局レイフォンは失敗した。だけど、それで孤児院が悪いことになったかというとそんなことはない。女王が政治を見直してくれた。

一つの失敗が全《すべ》ての終わりにつながることはそう多くない。必ずどこかで取り返す好機はやってくる。ただ、取り返したりやり直したりする者が、自分ではないかもしれないというだけだ。

「そう。だから、こんなところで先輩《せんぱい》を失わせはしないし、そこの電子精霊《せいれい》たちも失わせない」

復元した簡易型複合錬金鋼《シム・アダマンダイト》を構える。

赤髪の男の剄は、レイフォンの防御《ぼうぎょ》の剄を燃やしそうなほどに満ちている。その目は炎《ほのお》のようだ。余裕の笑みは崩《くず》れかけている。内側で暴走するなにかに壊《こわ》されかけている。そういう顔をしていた。

「なら、おれは数少ない取り返しのつかない例だな」

牙《きば》をみせる凶暴《きょうぼう》な笑みに、レイフォンは表情を引き締《し》める。

「だが、いい解を見せてもらった」

「…………？」

「その解の礼だ」

赤髪の男から溢《あふ》れる剄が、さらに激しく、さらに密度を増す。

「一発で終わらせてやる」

「礼というなら、このまま帰して欲しいけど」

そんな冗談《じょうだん》は、もう聞いてもらえない。

肩《かた》に担《かつ》いだ鉄鞭《てつべん》からの殺気は、もう限界まで引き絞《しぼ》られている。

「ディクセリオ・マスケインだ。お前は？」

「レイフォン・アルセイフ」

名乗りあった次の瞬間だ。

動いた。

赤髪の男、ディックが一歩を踏《ふ》み、レイフォンは腰《こし》を深く沈《しず》め、迎撃《げいげき》の体勢を取った。

活剄衝剄混合変化《かつけいしょうけいこんごうへんか》、雷迅《らいじん》。

サイハーデン刀争術《とうそうじゅつ》、焔切《ほむらぎ》り。

二つの剄技が衝突《しょうとつ》する。

迫《せま》る雷光《らいこう》に合わせ、レイフォンの刀が振《ふ》り抜かれる。肩に担がれた状態から放たれる鉄鞭の軌道《きどう》と、刀のそれがぶつかり合う。

純粋《じゅんすい》な力のぶつかり合いとなれば、錬金鋼《ダイト》の差が如実《にょじつ》に表れる。レイフォンに勝ち目はない。だが、相手の鉄鞭に十全の力が乗る瞬間に至らせなければ……

そう甘くは、ない。

こちらの狙《ねら》い通りの衝突をした。

それでも、錬金鋼《ダイト》の差、そこに収束した剄の差は歴然としていた。

レイフォンの手にあった錬金鋼《ダイト》があやふやな感触《かんしょく》に移り変わる。

砕《くだ》けたのだ。

鉄鞭はレイフォンの焔切《ほむらぎ》りと食い合ったことなどまるでなかったかのように振り下ろさ

れる。

しかし、軌道は『ないもの』のごとく描《えが》かれるのだとしても、周囲は起こった事象に従って変化を続ける。

砕けた錬金鋼《ダイト》に宿った剄が爆発《ばくはつ》する。

そこにあった剄の大半は雷迅の剄圧に押し退《の》けられて拡散してしまったが、それでも小規模な爆発が起きる。

その爆発に流されるようにして、レイフォンの位置がずれる。いや、レイフォンはあえて、この流れに乗った。

爆発によって生まれた圧力に体を預け、強引《ごういん》に体をねじり、円を描くようにして雷迅をやり過ごす。

ディックの背後に回り込む。

だが、回り込んでどうする？

その手に武器はない。

いや、体をねじったとき、レイフォンの足がなにかを蹴《け》った。

それは、地に落ちていた錬金鋼《ダイト》だ。

シャーニッドの支援《しえん》によってばら撒《ま》かれ、地に落ちていた錬金鋼《ダイト》だ。

蹴り上げたそれが、レイフォンの鼻先で舞《ま》う。

摑《つか》む。

復元する。

全力の剄を叩《たた》き込む。

通り過ぎようとするディックの背に放つ。

天剣技《てんけんぎ》、霞楼《かすみろう》。

斬閃の楼閣《ろうかく》がディックを取り囲む。

斬撃の包囲網《ほういもう》がディックを切り裂《さ》く。

しかし、雷迅の圧力がそれをさせない。彼の剄力がそれをさせない。

普通《ふつう》の錬金鋼《ダイト》では使いこなせない。それ故《ゆえ》の天剣技《てんけんぎ》だ。連弾《れんだん》を行う暇《ひま》もなかった。不完全な天剣技《てんけんぎ》だ。

それでも錬金鋼《ダイト》は物質疲労《ひろう》を起こして崩れていく。

斬閃の包囲網は、ついにディックの命を刈《か》り取ることができなかった。

レイフォンの側に、もう、錬金鋼《ダイト》はない。

雷迅が終わり、ディックがこちらを振り返ろうとする。

すでに、次の剄が満ち、次の雷迅の準備はできている。

「そういや、お前経由で教えたんだっけな？」

ディックがそう言った。肩に担いだ鉄鞭が死の炎を燃やしている。

雷迅が、放たれる。

だが放ったのはディックではない。

その横から、剄が吠《ほ》え、雷光が轟《とどろ》く。

活剄衝剄混合変化、雷迅。

「わたしの部下を、やらせるかぁぁぁぁぁぁぁぁぁぁぁぁぁぁぁぁぁ!!」

ニーナだ。

レイフォンに意識を向けていたディックは、ニーナの雷迅を無防備に受けることとなった。

轟音《ごうおん》がレイフォンの眼前を駆《か》け抜《ぬ》けていく。

雷光が炎を呑《の》み込み、吹《ふ》き散らしていく光景が展開される。

「隊長！」

だが、その不意打ちをディックは受け止めた。ニーナのものによく似た、そしてそれよりもやや大きな鉄鞭がニーナのそれと食い合っている。

雷迅の威力《いりょく》がその場で火花に化け、地面を溶《と》かす。

「おおおおおおおおおおおおおおおおおおおおおおおお！」

吠えるニーナと、犬歯を剝《む》き出しにして笑っているような怒《おこ》っているような表情のディックがその場で停滞《ていたい》している。

拮抗《きっこう》はどちらに傾《かたむ》くこともなく、剄の圧力は周囲の地面を溶かし、吹き飛ばす。

「レ……」

ニーナの表情が、歪《ゆが》んだ。

「レイフォン！」

叫《さけ》ぶ。

「はっ」

見とれて、動きが止まっていた。レイフォンは我に返る。

だが、どうする？

（右足三歩前）

フェリの短い言葉が胸に響《ひび》く。それだけで、なにが言いたいのかはわかった。

散った土砂《どしゃ》に隠《かく》れるようにして、錬金鋼《ダイト》が落ちている。

それを拾い、走る。

速度は瞬《また》く間《ま》に雷光に達する。復元の光は置き去る。

技《わざ》もなにもない。切っ先を標的に向け、疾走《はし》る。

「おおおおおおおおおおおおおおおおおおお！」

全身の剄を絞るだけ絞り、切っ先へと集《つど》わせる。

ニーナと鉄鞭を食い合わせていたディックがこちらを向く。彼女の雷迅を弾《はじ》ききれない

彼は動けない。

その末路を理解したのか、どうか。

彼は、笑っていた。

レイフォンを見て、笑っていた。

止まる余裕《よゆう》はない。考える暇はない。レイフォンの疾走《しっそう》は速度を上げ続け、二人の剄が

衝突し、加熱する場へと遮二無二《しゃにむに》飛び込んでいく。

その次は……？

「ぐあっ！」

どうなったのか。気付いたとき、レイフォンは手にした錬金鋼《ダイト》の砕ける音とともに宙に

投げ出されていた。

背中を強《した》かに打つ。

痛みに視界が歪む中、レイフォンはそこにあったはずのものを求めて顔を上げた。

ニーナしかいなかった。

ディックがいない。その場にはニーナが一人、うずくまっているだけだった。三振りの鉄鞭が地面に転がっている。

それは、そこにディックがいた証《あかし》……そのはずだ。

「隊長……」

彼女のもとに駆けていこうとして、レイフォンは全身が痛むことにいまさら気付いた。さきほどのものもあるだろうが、雷迅を避《さ》けたときの無茶が体に響いているのだ。

それでも、なんとか立ち、ニーナのもとに向かう。

「大丈夫《だいじょうぶ》、ですか？」

「ああ……なんとか、廃《はい》貴族たちも力を貸してくれた」

呆然《ぼうぜん》とした様子のニーナが大丈夫そうだと判断すると、レイフォンは辺りを見回した。

「あの人は……？」

どこに行った？

消えてしまったのか？

押しとどめられていたニーナの雷迅が解放され、彼を呑み込んだのだろう。

その威力に、彼は消滅《しょうめつ》してしまったのか？

「……肉体に意味はないと言っていた。精神が死なないかぎり、あの人たちに死はないと」

「え？」

それは……

「えっと……つまり、まだ終わってない？」

「いや……」

ニーナは小さく首を振る。

その目は地面を見ていた。

三振り目の、主《あるじ》を失った鉄鞭を見ていた。

『よくやった』

「消える寸前に、あの人はそう言った。あの人は、消えたがっていた。だが、自分ではうまくできないから幕を引いてくれる者を求めていた。あの人は、これで終わったと思えたはずだ。だから、もう……大丈夫だ」

「………」

知っているかのようにニーナはディックを語る。

いや、本当に知っているのだろう。

そうでなければ、いくら相手が人間だったからと言って、ニーナがこんなにも混乱しているはずがない。

「信じるか？　あの人はわたしたちの遠い先輩《せんぱい》で、そしてわたしに雷迅《らいじん》を見せてくれた人だ」

「え？」

「わたしに、迷いを切り抜ける方法を教えてくれた人だったんだ」

「…………」

「わたしの、どうしようもない、独りよがりな願いをここまで走らせてくれた人なんだ」

ニーナの背が震《ふる》えている。

「…………」

その背から目を離《はな》し、レイフォンは周囲を見渡《みわた》した。

都市へと向かっていた炎《ほのお》も勢いが失われているように見えた。

戦いは終わった。

おそらくは終わった。

レイフォンには詳《くわ》しい事情などなにもわからない。

だけど、大切な人たちが関《かか》わり続けていた戦いが、いま終わった。

そのはずだと、レイフォンは息を吐《は》く。
寄ってくる念威《ねんい》端子《たんし》の光が、いまは恋《こい》しくてたまらなかった。

エピローグ──ライフ・イズ・グッド・バイ──

音がうるさい。

都市の外縁部《がいえん》のこの音は、油断していると、ときどき心臓を揺《ゆ》さぶる。

リーリンは胸を押さえ、前に立つその背を見つめた。

いま、その背は停留所に貼《は》られた、どうということもない広告の貼り紙を眺《なが》めていた。

呑気《のんき》なものだと思う。

だが、その呑気さが彼なのだと思えば、諦《あきら》めるしかない。

「ねぇ！」

周囲の音に負けないよう、リーリンは大声を上げた。

貼り紙を眺めていた背が振《ふ》り返る。

レイフォンがこちらを見る。

彼の向こう側では係留索《さく》に巻き上げられた放浪《ほうろう》バスがあった。都市の震動《しんどう》に合わせて緩《かん》衝《しょう》プレートに横腹をぶつける放浪バスは、駆動《くどう》音を吐き出している。

「なに？」

「やっぱり行くの？」

「だって、まだ卒業してないもの」

「そりゃ、そうだけど」

「ここにいる理由もなくなったしね」

「それもね、まぁ……」

言葉を濁《にご》し、リーリンは彼から視線を外す。その先にあったのは重い音を立てて動く都市の脚だ。

あの脚が動くようになったのもつい最近のことだ。

半壊《はんかい》と呼ぶのもの生やさしいほどに壊《こわ》れていたグレンダンの修復作業は、とにかく難航していた。しかし、それもいまは落ち着いている。

こうして都市の足が動き、放浪を再開できるほどまでに回復した。

「いまからでも戻《もど》らないと」

「……そうね」

とっくに納得《なっとく》していたのだけれど、やはり直前になると迷ってしまう。そんな自分が少しだけおかしい。

こんな気持ちに、あの日もなっていた。

思えば、あの日からリーリンの『大いなる勘違《かんちが》い』は加速してしまっていたのだ。

「忙《いそが》しくてあんまり勉強見てあげられなかったけど、ちゃんと卒業できるの？」

「……がんばります」

「そうね。がんばって」

「うん。もう、リーリンに見てもらうわけにはいかないからね」

「そりゃあ、勉強を見るぐらいでは、もうツェルニにまでは行けないなぁ」

そんな風に笑い合う。

彼を追いかけて、ここから放浪バスに乗った。そんなことを自分がする日が来るなんて思ってもみなかった。

あの日、一緒《いっしょ》に放浪バスに乗ってくれたサヴァリスは、もういない。

色んなことを体験した。

色んな想《おも》いもした。

「一時は王位継承者《けいしょうしゃ》にまでされちゃったし」

「そういえば、あれはもういいの？」

「うん。だってもう力がないし。叔父《おじ》様は住んでていいって言ってくれたんだけど、なんだか悪い気がするし、落ち着かないから出ちゃったんだけど」

リーリンの環境《かんきょう》も変わった。

いや、戻ったと言うべきなのか。

力を失ったのを理由に王位継承権を辞退したのだ。アルシェイラはそのままでもいいと言ってくれ、叔父であるミンスもあの屋敷にこのまま住んでいていいと言ってくれたのだが、リーリンがそう思えなかった。

学生寮《りょう》に戻りたかったのだが、そちらも壊れていたので、孤児院《こじいん》の方に戻って生活していた。

もうすぐ学生寮の再建も終わるという話なので、リーリンも近々、そちらに戻ることになるだろう。

「荷物受け取りに行ったら、すごい睨《にら》まれたよ」

「根には持ってないらしいんだけどね。なんだかレイフォン嫌《ぎら》いだけは治せないようよ」

「困るなぁ」

辟易《へきえき》した顔のレイフォンに笑《え》みが浮《う》かぶ。

「でも、よかったよね」

「ん？」

「リーリンには帰る家があるんだ」

「……レイフォン」

その言い方には、少しむっとする。

レイフォンが心の底からそのことを喜んでくれているのはわかる。

そして、だからこそむっとするのだ。

「わたしたちの家は……」

「それはわかってるよ」

そんなリーリンの怒《いか》りを、レイフォンは押しとどめる。

「僕たちの家はあそこだ。そう言えることの素晴《すば》らしさを、僕は嫌《いや》というほど身に染《し》みさせられたんだから、わかってるに決まってるよ」

「それなら……」

「でも、だからってリーリンが変な気負いをしちゃわないか。それはちょっと心配だよ」

「む……」

「血の繋《つな》がりが辿《たど》れるなら、それが嫌じゃないなら、そこにリーリンが安心できる場所ができたっていいんじゃないかな」

「それは、そうだけど……」

「たまにはあっちの家にも顔を出せばいいと思うよ」

「わかったわよ」

「うん」

本心を言えば、誰《だれ》かにそう言ってもらいたかった。まだ、ミンスから聞きたいことはいくらでもある。父のこと、母のこと。もういないのだとしても、なにかを知る手がかりはいくらでも欲《ほ》しい。

父がどんな人だったのか。

母とどうやって知り合ったのか。

知りたいことはいくらだってある。

「ありがとう」

「いえいえ」

にっこり微笑《ほほえ》むレイフォンを見ていると、『では、あなたは？』と言いたくなる。

「レイフォン？」

「ん？」

「本当に、また行くの？」

予感があるのだ。

「そりゃ、行くよ。卒業してないんだから」

彼はきっと、もう帰ってこない。

帰って来られない理由はもうなくなった。そんなものに拘《こだわ》っていたのなら、グレンダンの復興を手伝ったりしなかっただろう。

だけどレイフォンは、今日までグレンダンにいた。

このまま、グレンダンに残っても誰も文句を言いやしないのに。

「本当にそれだけ？」

「え？」

「会いたい人はいないの？」

「ん」

「うん？」

「うーん」

「こういう話。なんかし損《そこ》ねてたものね。いるんでしょ？」

レイフォンの顔を見ていれば、それぐらいわかる。

「まぁ……」

「ふうん？」

「なに？」

「ううん。なら、しかたないかなぁって」

あのときとは違う。

嫌々、しかたなく旅立つわけじゃない。

ちゃんと目的があって、会いたい人がいて、レイフォンは旅立つのだ。

「それなら、しかたないよね」

「うん」

そんなことをしている間に、出発の時間が来たようだ。放浪バスの乗降口が開き、それを待っていた人々が動き出す。

「じゃあ」

「うん」

「元気で」

「レイフォンも」

トランクケースを拾い上げる彼を、リーリンはそのまま見送る。

彼の背が放浪バスに吸い込まれていく。

牽引索《けんいんさく》に車体が持ち上げられていく中、リーリンはガラス窓の一つにレイフォンを見つけた。

視線が重なり、手を振《ふ》り合う。

外縁部の下へと運ばれていく中で、レイフォンの視線が前を向いた瞬間《しゅんかん》を見届ける。

その横顔に、やはり未練はなかった。

「またね、レイフォン」

これが最後の別れではない。

それがわかっているから、リーリンは笑顔で見送れた。

こっそり忍《しの》ばせたプレゼントに気付いたとき、彼がどんな顔をするか？

それを想像すると、楽しかった。

†

戦いが終わって待っているのは、いつだって後始末だ。

都市の損害はほぼなかったとはいえ、負傷者はかなりの数に及《およ》んでいる。

なにより大変だったのは都市が自分の足で元の場所に戻ったことだろう。

行きはわけのわからない転移だったというのに、帰りは普通《ふつう》に自分の足なのだ。他の都市との諍《いさか》いはなかったものの、地形的な困難と汚染獣《おせんじゅう》の襲来《しゅうらい》がツェルニの学生たちを苦しめた。

生徒会が本来の周回移動に戻ったことを発表したときには、皆《みんな》で安堵《あんど》のため息を零《こぼ》したものだ。

それからは特に大きな問題など起きないまま、ツェルニの日々は過ぎていった。

授業の日々、試験の日々、小隊としての訓練と試合の日々、あの日の公約通りに行われた祭りによるらんちき騒《さわ》ぎ。

その騒がしさはいままでの鬱憤《うっぷん》を晴らそうとするやけっぱちの騒がしさのように、フェリには感じられた。

「鬱陶《うっとう》しい」

だから、フェリはこう呟《つぶや》く。

憂《う》さを晴らせない側からしてみれば、そう言いたくなる日々だった。

「なにか言ったか？」

「いいえ」

振り返ったニーナにそう答え、フェリは前だけを見る。

狭《せま》い通路であり、先にある出口から太陽光が出迎《でむか》えている。その先にあるのは野戦グラウンド……試合だ。

「いつものご機嫌斜《きげんなな》めだよ。ニーナ、ほっとけほっとけ」

「むう」

「諸悪の根源が帰ってこないかぎり、治りゃしないよ」

「そういえば、長いな」

「一年余裕《よゆう》で過ぎたな。まぁ、あんだけぼろぼろになったんだ。復興作業ってもどんだけかかるやら」

「もとより汚染獣《おせんじゅう》が多い地域だったな。都市が動けないのであれば防衛は大忙《おおいそが》しだろう」

「あんな大騒ぎで生き残ってる汚染獣《おせんじゅう》っているのかよ」

「減少傾向《けいこう》だという話だが、どうかな？」

「汚染物質の濃度《のうど》は減りっぱなしだってことだし、剄脈《けいみゃく》の活動低下とも関係あるとかどうとか」

「都市の移動速度も落ちている。都市対抗《たいこう》戦が行われない可能性があるとも言っていたな」

三人で交《か》わされる会話を、フェリはむっつりと聞き流す。

「ていうか、この話も何度目だよ」

シャーニッドがそう言ったのは、会話を終わらせるためだろう。

出口を通り抜《ぬ》け、太陽光を全身で浴びる。

『さあ、第一小隊の登場です。今期の小隊対抗戦、最終試合！　第一小隊対第十四小隊！　最後を勝利で飾《かざ》るのは、常勝無敗の第一小隊か、それとも闇姫《やみひめ》クラリーベル様の率いる第十四小隊か!?』

ナレーターの声がやかましい。

『まず登場したのは目立ちたがりの狙撃《そげき》手、シャーニッド・エリプトン。前線に出ても一級品の彼が、今日はどんな戦いをみせるのか。続くのは突撃《とつげき》の戦乙女《いくさおとめ》、ダルシェナ・シェ・マテルナ！　シャーニッド選手とおそろいの真紅《しんく》のコートが眩《まぶ》しい！　二日前のルックン号外が報じたスクープの真相が気になるところ……あ、ごめんなさい。そんな目で睨《にら》まないで。

さ、さあ、登場です！　念威繰者《ねんいそうしゃ》、我らのアイドル、フェリ・ロス。全《すべ》てを見通す彼女の念威に、第十四小隊はどう対抗するのか？

そして、最後に登場するのはこの方。第一小隊隊長、武芸長、ニーナ・アントーク。武芸長に就任後、戦闘《せんとう》スタイルを一新！　付いた渾名《あだな》が鉄壁《てっぺき》の女王！　闇姫様との一騎《いっき》打ちが今回も起きるのかどうか。　皆の注目が集まるところです』

歓声《かんせい》のやかましさを無視して、ニーナはフラッグの前で足を止めた。

今回は、第一小隊が受け側だ。

「作戦は？」

ダルシェナが問う。

「いつも通りだ」

「そう言うだろうとは思ってたが。クララちゃんは抑《おさ》えられねぇぜ。なにしろ天剣授受者《てんけんじゅじゅしゃ》様だ」

「かまわん。どうせあいつもわたしとの一騎打ち狙《ねら》いだろう。そうでなくともわたしがここから動かなければ、フラッグは落ちない。お前たちは他の連中を頼《たの》む。フェリは向こうの念威繰者《ねんいそうしゃ》に注意を。あれは癖《くせ》が悪い」

「わかっています」

「まっ、鉄壁の女王様を簡単に動かすわけにはいかないよな。んじゃ、新生・闇《やみ》の三連星を調練してやるか」

「まさか、シン先輩《せんぱい》が卒業してからも続けるとは思わなかったな」

「一番気に入ってるクララちゃんが残ってんだから、当然だろ」

「やれやれ」

そんなことを喋《しゃべ》りながらシャーニッドとダルシェナが位置に着く。

フェリもまず間違《まちが》いなく激戦区になるだろうフラッグから離《はな》れることにする。


『それでは、第一小隊対第十四小隊！　今期最後の小隊対抗戦！　開始！』


野戦グラウンドの空に、その声が響《ひび》く。

試合が始まった。


ニーナが二振りの鉄鞭《てっべん》を復元する。

する……が、すぐにそれを剣帯に引っかけると腕組《うでぐ》みして瞑目《めいもく》する。大きさの違う二振りの鉄鞭が腰《こし》の後ろで交差する様が対称《たいしょう》性を狂《くる》わせる。

これが武芸長になってからの彼女の試合スタイルだ。攻め手だろうと受け手だろうと、常にフラッグ側の後方でこの姿勢を維持《いじ》する。

攻《せ》め手での負けは隊長の敗北であり、受け手での敗北条件はフラッグの破壊《はかい》だ。どちらであってもこの位置にいれば、相手は勝利条件を達成するために敵陣《てきじん》深くに入らなければならなくなる。

どちら側でもニーナと戦わなければならない。そういう構図ができあがるわけだ。

ダルシェナは徹底的《てっていてき》に攻め、シャーニッドは時に狙撃、時に前衛にと臨機応変に対応し、フェリは情報収集と念威爆雷《ねんいばくらい》等を利用した多彩《たさい》な攻めを展開する。

それがいまの第十七小隊……ならぬ第一小隊。

ニーナの小隊だ。

(シャーニッド、A十四から五秒狙撃後、C八に移動)

「あいよ」

(ダルシェナ、進路を右に三度変更《へんこう》。二百メルトル先G五で念威爆雷が待機しています。対抗措置《たいこうそち》を進行中。足を止めないように)

「わかった」

(中央より、クラリーベルが進撃中。演劇モードによる遅滞《ちたい》進行です。無視を徹底)

「見えてるよ」

「見えていない奴《やつ》はいないだろう」

「まったく……」

三者の返事に、フェリは念威ではなく生の目でそれを確かめた。

フェリがいるはるか後方からでも、それは確認《かくにん》できた。

それは、なんと呼べばいいのだろう？

歩く玉座？

黒い霧《きり》のような不可思議な集合体が塔状《とうじょう》のものを作っている。その下部が二叉《ふたまた》に分かれていて、それが足のように動いている。

頂上部分にはクラリーベルがいて、あの黒姫《くろひめ》の衣装《いしょう》を着て、玉座でえらそうに座っている。満面の気取り笑《え》みで下々を見下ろす顔は完全に芝居《しばい》が入っている。

あの黒い霧状《きりじょう》のものは化練剄《かれんけい》による産物だそうだ。武芸の技術をなんだと思っているのかと腹を立てている連中もいるのだが、それ以上に一般《いっぱん》生徒は彼女のこういうところを喜んでいる。

なにより、卒業したゴルネオの情報では、そもそもクラリーベルの師であるトロイアットがそういう性格であるらしいのだから、修正させるなど考えるだけ無駄《むだ》な行為《こうい》だ。責める言葉など彼女にはなんの意味もないに違いない。

（どうします？　多少は足止めを仕掛《しか》けますか？）

答えはわかっているが、ニーナに尋《たず》ねる。

「かまうな。それより二人の援護《えんご》をしてやってくれ」

（わかりました）

「どうせ、十分にもったいぶるから時間に余裕はあるだろうぜ」

「いや……」

シャーニッドの言葉をニーナが否定する。

「くるぞ」

そう言った瞬間《しゅんかん》、玉座が下から崩壊《ほうかい》した。

霧状の足が、下から上に向かって消失と呼んでいい速度でなくなる。

いや、なくなったのではなく、クラリーベルのもとへと収束したのだ。

いままで玉座を形成していた黒い霧はクラリーベルの周囲に集ったかと思えば、マントのように閃《ひらめ》いて、彼女をニーナに向けて射出した。

その手にある胡蝶炎翅剣《こちょうえんしけん》にのみ真紅《しんく》の剄が燃えている。赤いきらめきが夜を走っている
演出のつもりか？

玉座のあった空中からニーナに向けて、クラリーベルが一直線に向かっていく。

それに対し、ニーナは？

彼女の目が開く。

両の手が鉄鞭を摑《つか》む。

振《ふ》り下ろされた胡蝶炎翅剣《こちょうえんしけん》を、鉄鞭が受け止める。

黒い衝撃波《しょうげきは》が周囲の地面を抉《えぐ》り、巻き上げた。

「天剣《てんけん》を引っ張り出すとはルール違反《いはん》だろう？　クララ？」

「それならニーナだってその錬金鋼《ダイト》はなんです？　ズルい奴でしょう？」

「お前がそんなものを持ち出すからだ」

「いいじゃないですか対抗戦の最後なんですから、派手にいきましょうよ」

「まったく！」

衝突で生じた土煙《つちけむり》の中心で、二人はそんな会話をし、戦いを始める。

ぶつかり合う錬金鋼《ダイト》の衝撃波がお互《たが》いを宙へと運んでいく。

「さあ、今日こそ決着を付けますよ。ニーナ」

「むう」

「今回、こちらの敗北条件はわたしの敗北だけです。この間みたいな変化球では負けませんよ！」

「ならばしかたあるまい！」

「ええ！　もちろん、勝つのはわたしですけどね！」

「そうかな！」

二人の剄が圧力を増す。火花を重ねる打撃戦を演じながら、両者の剄は最後のぶつかり合いに向けて高まっていく。

それが、いままさに炸裂《さくれつ》しようというその瞬間……

「さあ……！」

「むう！」

ピ―――――――――――――――――――――!!

全てを台無しにする甲高《かんだか》い音が、戦闘の強制停止を命じる。

『おおっと、どうした!? ここで審判《しんぱん》団による待ったがかけられました』

戦闘が止まり、ニーナとクラリーベルが地面に着地する。

その二人に向かって審判たちが駆《か》け寄っていく。興奮した顔で抗議《こうぎ》するクラリーベルを無視して二人から錬金鋼《ダイト》を没収《ぼっしゅう》するとなにやら調べ始める。

結果が出たのか、おもむろに彼らの一人が審判団本部席がある方向に向かって手を振る。

続くのは、放送だ。

『あ、あー、こちら審判団です。ただいまの試合ですが、不正の疑いがありましたので停止させていただきました。

それで、ニーナ・アントーク。クラリーベル・ロンスマイア。両選手の錬金鋼《ダイト》を調べた結果、クラリーベル・ロンスマイア選手の錬金鋼《ダイト》が届けのあったものではないことが判明。さらにクラリーベル選手の錬金鋼《ダイト》には安全装置による制限がかかっていないことも重ねて判明いたしましたので、ここに第十四小隊の不正試合による敗北、結果として第一小隊の勝利、とさせていただきます』

審判団による放送が終わり、待っていたのは観客席からのざわめき。クラリーベルのあ然とした表情。ニーナの深く長いため息。第十四小隊たちの魂《たましい》の抜《ぬ》けた顔。

「な、なんでですか——!?」

我に返ったクラリーベルの叫《さけ》びは、観客席からのブーイングによってかき消されたのだった。

「くだらない」

そんな戦いは、フェリをクスリともさせなかった。

「………」

†

休日の目覚めは嫌《きら》いだ。やることがみつからない。

窓の向こうは静かなもので、倉庫区の辺りから物資を出し入れする金属音が聞こえてはくるが、あってないようなものだった。

今日は都市の運休日でもあるらしい。開けたカーテンの向こうで、停止した都市の脚《あし》が見えた。

あの戦い以来、ツェルニがもとの場所に戻《もど》って以来、こういう日がたまにある。最初は驚《おどろ》き慌《あわ》て、落ち着かない日々が続いたものだが、いまはみんな慣れている。いつでも出動できるようにと武芸科生徒たちが待機していた日々が懐《なつ》かしくもある。

ああいう緊張感《きんちょうかん》は嫌《いや》な時間を忘れさせてくれる。

だが、もうそういうことはない。

都市が元の位置に戻ってから、ツェルニが汚染獣《おせんじゅう》に襲《おそ》われたことはない。移動の痕跡《こんせき》を見つけることはあるので、いるにはいるのだろう。

あの日、レイフォンとフェリをグレンダンに運んだハルペーは、あれから姿を見せることはなかった。あるいは、フェリたちの知らない場所で知らない戦いをしていたのかもしれない。

あるいは、あの日から続く汚染物質濃度《のうど》の低下の影響《えいきょう》を受けて身動きが取れなくなっているだけかもしれない。

真相はわからないが、汚染獣《おせんじゅう》の極端《きょくたん》な減少にあの存在がなにか関係しているような気がしてならない。

ただの気のせいだとしても驚かない。実は真相などどうでもいいのだ。

「…………」

無言のまま、フェリは着替《きが》えを済ませる。

一人で沸《わ》かしたお湯でお茶を淹《い》れる。

静けさが胸を打つ。

最近は、この都市休息日のせいで普段《ふだん》のうるささが目立ったという声もある。それはつまり、みんなが本当の静けさを知り、そしてそれを喜んでいるということなのだろう。

だが、フェリは都市休息日の静けさが好きになれない。

静かすぎるのだ。

余計な情報を全《すべ》て遮断《しゃだん》されてしまったかのような静けさは、つまらないことを考えてしまう。

「……ふう」

ため息を零《こぼ》すと、フェリは淹れたお茶を無視して立ち上がるのだった。

窓を開けた感じだと、今日は少し冷える。

カーディガンを引っかけ、フェリは部屋を出た。

「あ、フェリさん」

階段を下りきり、外へと出ようとしたところで呼び止められる。

一階にある店舗《てんぽ》から飛び出てきたのは、メイシェンだった。

「なにか？」

「えっと、これを……」

そう言った彼女が手渡《てわた》してきたのは小さなバスケットだった。

バスケットの中身はクロワッサンを使ったサンドイッチがいくつかと、焼き菓子《がし》と、水筒《すいとう》だ。

「今日は冷えそうなんで、温かいのを入れてますから」

「……ありがとうございます」

バスケットの様子からして、慌てて用意したものではない。

今日、フェリが出かけるのを見越《みこ》して用意されたものだ。

見透《みす》かされている気恥《きは》ずかしさがわずかにある。だが、メイシェンの表情を見ていると、それを怒《いか》りに変えて誤魔化《ごまか》す気にもなれない。

「いってらっしゃい」

「……はい」

メイシェンは、笑顔《えがお》で送り出してくれるからだ。

バスケットを提《さ》げて、フェリは歩く。

耳は閉じる。だが、情報は流れてくる。

錬金鋼《ダイト》は復元していないが、念威端子《ねんいたんし》のいくつかは都市の各所に隠《かく》してある。必要な情報がいつ舞《ま》い込んでくるかわからないのだから、意識は常に尖《とが》らせておかなくては。

念威端子《ねんいたんし》からの情報を、重晶錬金鋼《ダイト》という中継機《ちゅうけいき》を介《かい》することなく収集することができるのはフェリの才能ゆえだ。

普通の念威繰者《ねんいそうしゃ》では難易度の高い行為《こうい》を難なくこなしながら、フェリは歩く。

情報はだらだらとフェリに流れ込み、そして通り過ぎていく。

大半は意味もないものだ。

人々の会話。呼び込みの声。戦う議論。喧嘩《けんか》もあれば、第三者が聞くのも恥《は》ずかしくなるようなものもあるにはある。そういうものは不必要なので聞き流していく。

それでも繰《く》り返されれば残ってしまうものもある。

最近よく聞く話題は、やはり汚染物質濃度の低下による世界の変化だ。

もはや、エアフィルターに守られる必要はなくなった。あの戦いのときだけではなく、いまになってもそうだ。

生身のまま外に出ても汚染物質が肌《はだ》を焼くことはない。

それは、武芸者だけではなく、一般人《いっぱんじん》にしてもそうだ。

誰《だれ》もが、都市外装備に身を包む必要もなく、都市の外に出て行くことができるのだ。

その上、汚染獣《おせんじゅう》にも遭遇《そうぐう》しなくなっている。

こうなってくると人々の興味は、危険と判断されて放置されていた都市外の荒野《こうや》に向けられる。

そこに眠《ねむ》っているだろう無限の可能性に向けられる。

そんなわけで、話題の多くに混ざる共通の単語がある。

『ロス開拓《かいたく》団』だ。

「まったく……」

フェリのため息は止まらない。

あの戦いで扇動者《せんどう》を演じきったカリアンは、それだけでは止まらなかった。いや、若者の正義感を存分に燃やし尽《つ》くした後に、正しく実家を背負い直したということなのかもしれない。

誰よりも早く都市外の開拓に目を付け、人員と資金の収集に奔走《ほんそう》し始めたのだ。

ロス開拓団の人員募集《ぼしゅう》の噂《うわさ》は都市中を巡《めぐ》っているという話であり、もちろんこのツェルニにも流れてきている。「卒業後はロス開拓団に入るんだ」「卒業まで待っていられるか。行くならいまだ」そんな会話が必ずどこかから聞こえてくる。

そのせいなのかどうなのか、都市外にある放浪《ほうろう》バス停留所と外来者受け入れ区画はここ最近大忙《おおいそが》しだ。

今日もまた、停留所付近にはたくさんの人がいる。

多くの人は中継地として利用するだけだが、そのうちの何人かはツェルニへと入っていき、あるいはツェルニから出ていく。

そんな人々の動きを無視し、フェリは放浪バス停留所にほど近い場所で足を止める。

停留所を挟《はさ》んで外来者受け入れ区画とは正反対にあるこの場所は、近いながらも人の気配が薄《うす》い場所だった。

もとより外縁《がいえん》部は戦闘《せんとう》時の緩衝《かんしょう》地帯としての役割が強いので人が頻繁《ひんぱん》に行き交《か》うような場所ではなく、人の姿がないことこそが普通だ。

そんな場所に、このベンチはある。ここ最近の、休日でのフェリの居場所だ。

なにもないのはさすがにあれだからとりあえず置いてみた。

そんな空気がこれ以上ないほどに発散されたベンチは、ペンキが剥《は》げかけた古ぼけたものだった。戦闘でやかましかった時期を無事に生きのびたとは思えない。きっと、どこかの公園から運ばれて、そのままになっているのだろう。

フェリは汚《よご》れを払《はら》うように一撫《ひとな》ですると、ベンチに座り、そこから見える都市外の光景をぼんやりと眺《なが》めた。

念威は相変わらず情報を集めている。有益なものはない。

ここから見える都市外は、砂塵《さじん》で黄ばんでいる。汚染物質の濃度が低くなり、都市の外を遠くまで見《み》渡《わた》せるようになったという声もあるが、荒野そのものの乾燥《かんそう》はこんなにも深刻だ。

都市外の開拓というのも同じぐらいに過酷《かこく》なものになるだろうという予測は、当たり前に聞こえてくる。

だが、それでも放浪バスは満杯《まんぱい》だし、外来者受け入れ区画は今日も騒《さわ》がしそうだ。

多くの人が外へと出たがっていたということなのだろうか？

生まれた都市にいるだけでは為《な》しえないなにかが都市外の荒野にあるとでも思っているのだろうか？

可能性がそこにあると思っているのだろうか？

「わたしの可能性は……」

念威《ねんい》繰者《そうしゃ》に集約されてしまったのかもしれないが。

歩いてきたことで胃が刺激《しげき》された。空腹に従ってバスケットの中身を取り出す。

「美味《おい》しい」

今日もメイシェンの料理は美味しい。

彼女のケーキや料理はツェルニでかなり有名になっていて、都市中央への店舗の移転話があちこちから持ち込まれているらしい。

だが、彼女はそういうことにあまり興味がないらしく、今日もあの店でケーキを作っては契約《けいやく》した店に運んでいる。あんな離《はな》れの店にやってくる客の数もそれなりになり、メイシェンの対人への苦手意識は日々薄れていっているようだ。

サンドイッチを食べ終え、水筒の中身をコップに移して呑《の》む。温かいココアだった。

胃が満ちる幸福感にしばらく浸《ひた》ると、再び都市外に目を向ける。

今日は特に砂塵が強い。黄ばんだ空はその懐《ふところ》を意地悪く隠している。

幸福感はあっという間に過ぎ去り、砂を噛《か》むような情報収集の時間が無為《むい》に過ぎていく。

「先輩《せんぱい》！」

その声でフェリは意識を肉体に戻《もど》した。

こちらへと走ってくるのは、ナルキだ。

彼女が来ることは、高い可能性で予測していたので、フェリは慌《あわ》てることなく立ち上がる。

「どうしました？」

都市警の制服を着たナルキは焦《あせ》っている様子だ。

「お邪魔《じゃま》してすいません、少し、お力を貸してもらえたら」

「わかりました」

彼女の焦っている理由はわかっている。だが、それを知っている素振《そぶ》りは見せない。武芸科生徒の私的時間での能力乱用は、学則違反《いはん》なのだ。

フェリがここでなにをしているのか。ナルキがそれを知っている可能性があるからといって、フェリがそれを行っていることを言ってしまっては、彼女の見て見ぬ振《ふ》りという善意を無駄《むだ》にすることになる。

だからフェリは、黙《だま》ってナルキの案内に従った。

やってきたのは、放浪バスの停留所だ。

いくつかの放浪バスが牽引索《けんいんさく》に持ち上げられて緩衝プレートに横腹をすりつけている。

少し前ならば、一度にこんなたくさんの放浪バスがやってくることなどなかった。

「あれです」

そんな光景を流し見て、ナルキが指さすものに目を向ける。

一台の起重機が牽引索を下ろしている。牽引索は巻き上げられる様子もなく、ただピンと張り詰《つ》めていた。

「いま、一台引っかけてあるのですが、その放浪バスで問題が起きているようで」

「そうなのですか？」

「内部の音声を拾ってみたのですが、上げろ上げるなとやりあっているらしいのです。悲鳴などの声はなく、そもそも熱源を調べてみたところ乗っている者がそれほどいないようで、おそらくは特別仕様の個人所有車かと」

「………」

ナルキの説明を、張り詰めた牽引索を見ながら聞く。

「それで、こちらとしても判断に困っていまして、都市警の念威《ねんい》繰者《そうしゃ》では詳《くわ》しいことがわからないということでしたが、フェリ先輩ならなにかわかるかと」

「わかりました」

そう言うと、フェリは錬金鋼《ダイト》を取りだし、復元した。

停留所での騒ぎはすでに気付いていた。なにやら一台の放浪バスが内部で騒動《そうどう》を起こしているらしいこともわかっていた。

だが、とりあえず現状では欲《ほ》しい情報はなさそうだったので、情報の概要《がいよう》だけ手に入れて後は放《ほう》っておいた。

なんとかするのは都市警察の仕事だからだ。

引き連れた部下に指示を飛ばすナルキを横目に、念威《ねんい》端子《たんし》を件《くだん》の放浪バスに向ける。

バスに並んだ窓には耐衝撃《たいしょうげき》のシャッターが下ろされていて、中の様子が視認《しにん》できないようになっている。正面のそれも、わかるのは運転席だけだ。運転手はいない。内部の騒動に引っ張られたのか。

念威を透過《とうか》させ、内部を探《さぐ》る。

不可思議な感触《かんしょく》がバスの内部を占《し》めていた。これはなんだ？　解析《かいせき》しつつ、乗員がどこにいるのか探る。

体温を持った人間サイズの生命体は四つだ。

位置関係からして三対一。緊張状態《きんちょうじょうたい》だ。上げろ、上げるなの言い合いはまだしている。

上げろと言っているのは一人だけの方だ。上げるなと言っているのは三人側の方。声からして、男勝《おとこまさ》りな女の子といったところか。

牽引索が放浪バスに接続されているのなら、起重機の操作は運転席からでもできるはずだ。この言い合いは、運転手に向けているのだろう。三人側にいる運転手は、どうすればいいのか戸惑《とまど》っている様子だ。

上げろといっている一人と向き合っているのは、ずっと黙っているもう一人だ。

武器を構えて睨《にら》み合うこの二者は武芸者だろう。

剄の波動が不可思議な感触を揺《ゆ》らしている。

「ん？」

「どうかしましたか？」

ひっかかりがあった。

「いえ……起重機は動かせますね？」

「あ、はい」

「では、上げてください」

「いいんですか？」

「はい。きっかけはこちらで取りますので、いつでも動けるように」

「わかりました」

フェリの言葉でナルキが指示を飛ばす。

その動きを見ながら、フェリは放浪バス周辺の念威端子《ねんいたんし》を再配置した。

起重機が動き、牽引索が加重に軋《きし》む音をさせながら巻き上げられる。放浪バスが緩衝プレートにぶつかる音が連続し、その屋根が視界に映る。

いま。

口には出さなかった。

ただ、結果を示す。

放浪バス周辺に配置していた念威端子《ねんいたんし》が突如《とつじょ》として、強力な光を放つ。

その光が槍《やり》となり刃《は》となり放浪バスを貫《つらぬ》く。切り裂《さ》く。念威爆雷《ねんいばくらい》の応用だ。爆発力となる念威の変質を光条へと変えて射出したのだ。

「ちょっ！」

いきなり起きた破壊行為《はかいこうい》にナルキが絶句する。

「なにを⁉」

「黙って見ていなさい。わからないことがはっきりします」

「そんな……」

それでもなにかを言いかけるナルキを無視し、フェリはそれを見る。

穴の開いた放浪《ほうろう》バスは自重に負けて形を歪《ゆが》ませる。屋根は缶《かん》を切るようにほとんど裂けている。牽引索と重力の引っ張り合いが屋根を引き、傷口を広げる。

そこから、溢《あふ》れた。

黒い霧状《きりじょう》のものだ。

つい先日、クラリーベルが野戦グラウンドで展開していたそれに似ている。

その黒い霧を割って、飛びだしてくる。

人だ。

三人の方だ。

一人の若者が、両腕《りょううで》に二人を抱《かか》えて飛びだしてきた。若者は着地するや両腕の二人を放り出し、武器を構え直す。

「うわーなんだーなんだーチクショウ！」

放り投げられた片方、中年の男性が喚《わめ》いている。運転手だろう。

それを、もう片方、気の強そうな女の子が怒鳴《どな》っている。

「うるさい黙れ！」

問題なのはこの二人ではない。

一人の、若者の方だ。

「嘘《うそ》……」

ナルキが指示を飛ばすのを忘れた。

放浪バスから溢れた黒い霧は、それ自体が生きているかのように動き、一つの塊《かたまり》のように
にゆらめきながら移動し、若者の前に落ちる。

その黒い霧の中に人の姿がある。

さきほどまで、そんな質量は検知できなかったというのに。

残っていた、一人だ。

「………」

若者は無言のまま、構えた武器に込《こ》める剄を深める。装飾《そうしよく》過多にも見える刀だ。彼の濃《こ》
すぎる密度の剄を受けても森とした静けさを保つ、気品と強さを兼《か》ね備えた錬金鋼《ダイト》だ。

「イケーやっちまえ！」

女の子が叫《さけ》ぶ。

ナルキを始め都市警察のほとんどの人間があ然として両者を見つめている。その理由は黒い霧の男が放つ尋常《じんじょう》ではない空気のためではない。

刀を構えた若者を見たためだ。

「レイ！」

女の子が若者をそう呼んだ。

それが聞こえた次の瞬間《しゅんかん》、フェリの中のなにかが切れた。

ぷつん、と、切れたのだ。

その後、ナルキに「念威繰者《ねんいそうしゃ》ってあんな戦い方ができるのか」と畏怖《いふ》の目で見られたが、知らない振りをした。

†

「〰〰〰〰〰〰〰〰〰〰〰〰〰〰〰〰〰〰」

都市警察の一室に文字通り駆《か》け込んできたニーナだが、ナルキからの報告を聞くと腕を組んで眉《まゆ》を寄せ、天井《てんじょう》を仰《あお》ぎ見た。

「〰〰〰〰〰〰〰〰〰〰〰〰〰〰〰〰で？」

長く、口の中で形にならない感情を転がした後、ようやくそう言った。

「なにがどうなった？」

「はぁ……？」

永遠に変わることがないであろう曖昧《あいまい》な返事を零《こぼ》し、全員に睨まれる。

全員というのはフェリとナルキ、ニーナはもちろん、それ以外にもシャーニッドにダルシェナにハーレイ、クラリーベルにメイシェンにミィフィと大勢だ。

一同が、都市警察の取調室の一室を占拠《せんきょ》し、一人の若者を囲んでいる。

「えーとですね。みんなと別れて半年ぐらいでグレンダンは出たんですよ」

弱々しく、言い訳めいて話し出す。

話し出したのは若者……レイフォンだ。

「汚染獣《おせんじゅう》はほとんどいないし、孤児院《こじいん》の方も早くに再建できたし、力仕事の手は足りてるしで居場所がなくなって来ちゃったんで」

「それで、なんでここまで遅《おそ》くなる？」

この場の代表となってニーナが質問を重ねる。

「汚染獣《おせんじゅう》の減少は世界各地で見られているようで、放浪バスの移動速度もかなり速まっているという話だ。グレンダンからツェルニまで来るのに一ヶ月もかからないだろう。ツェルニがここに戻《もど》るのだって二ヶ月くらいだったぞ」

「そうなんですよー」

レイフォンが深く長いため息を吐《つ》く。

どうしてこうなった。彼自身がしみじみとそう思っている様子だ。

だが、そんな彼の態度に斟酌《しんしゃく》などはしない。

ガンッ！

安いテーブルの脚《あし》が蹴《け》られた音に、レイフォンが顔を上げる。

見るのは一点。

フェリだ。

「……話しなさい」

「はい」

一瞬で姿勢を正し、レイフォンは続きを語り出す。

「えと……グレンダンを出てから最初に寄った都市で荷物の整理してたら知らない箱が出てきて、それにびっくりしてたら外から騒《さわ》ぎが聞こえてきて、それでドアを開けたら……」

飛び込んできたのがあの女の子であったらしい。

名前はアーティッシャというらしい。

「普段《ふだん》はアルトって呼んでます」

「そんなことはどうでもいい」

「はい、すいません！」

フェリに言われ、レイフォンが小さくなる。皆《みんな》がフェリに落ち着いてと言う。

だが、そんな言葉など聞こえるはずがない。

「あの子は……目指す場所があるらしくて、でも、そこに行くのを邪魔《じゃま》するなにかがいて」

「それが、さっきのアレですか？」

「アレだけではないですけど……あの子を目的の場所に辿《たど》り着かせたくない集団みたいなものがあるらしくて、それがけっこうしつこくて」

「手を貸してしまったと」

「……成り行き上、ほっとけないですし」

上目遣《うわめづか》いでこちらを窺《うかが》うレイフォンに、みながため息を吐く。

「なぁ、レイフォンよ」

最初に口を開いたのは、シャーニッドだ。

「なんとなくわからんでもないが、お前もやっぱりニーナ病の罹患《りかん》者だよな」

「……前にも思ったが、なんなんだ、その名前は？」

「心配すんな、お前以外は納得《なっとく》してるから」

「むう……」

その通りなのでどこからも反論はない。

「と、とにかく！」

態勢を整えるべく、ニーナが声を上げた。

「とりあえずは再会を祝すべきだな」

「お、いいねぇ」

「賛成賛成」

「じゃあ、さっそく買い出ししないと」

「やった！　パーティ！」

「ねぇねぇ、レイフォン。一年もいろいろしてたんなら、そりゃもうおもしろ体験もいろいろしてたんでしょ。教えて教えて」

そんな声がレイフォンを囲む。

みんなうれしそうだ。

レイフォンとの再会を、心から喜んでいる。

それは、フェリだって同じだ。

同じなのだ……………………が。

取調室から出たところで、あの女の子と会った。

「君も一緒《いっしょ》にどうだ？」

ニーナの誘《さそ》いに引っ張られ、その女の子と男性も参加することになった。

都市の外れにあるボロアパートが今日は騒がしい。

友人が帰ってきたからだ。待っていた仲間が帰ってきたからだ。

その喜びがいま、この古びたアパートから溢れ出し、破裂《はれつ》しそうになっている。

だけどなぜか、フェリはその喜びに交ざる気になれなかった。

一階のメイシェンの店に逃《に》げてきたのだが、ここにまで声は聞こえてくる。

「やれやれ……」

ため息が止まらない。

気分の乗らない日々だったが、楽しそうな声がここまで辛《つら》い日はなかった。

「あのぅ」

テーブルに着いてしばらく外を眺《なが》めていると声がかかる。

レイフォンだ。

「今夜の主役がこんなとこにいてはいけないのでは？」

「ははは……シャーニッド先輩《せんぱい》に蹴られてきました」

そう言って、レイフォンはフェリの向かいの席に着く。

「………………」

「えーと……」

言葉を探す様子のレイフォンを正面から見られず、フェリは視線をそらす。

「……なにがですか？」

「とりあえず、ごめんなさい」

「遅くなって」

「理由があるんでしょう？」

それが、あの女の子だ。

「ええ、まぁ……」

「そういえば、あの錬金鋼《ダイト》は？」

「あ、はい。天剣《てんけん》です」

「拒否《きょひ》したのでは？」

あの戦いのとき、リーリンに差し出されたそれを、レイフォンは拒否した。フェリだってそれを見届けたし、擁護《ようご》もしたのだ。

それなのに、レイフォンが持っている。

「あの、都市警察でちょっとだけ言いましたけど、荷物に入っていた箱っていうのが、天《てん》剣《けん》の入ってた箱で」

その箱には二通の手紙が入っていたという。

リーリンからのものと、アルシェイラからのものだ。

「リーリンのは、『陛下があげるって。天剣授受者《てんけんじゅじゅしゃ》にならなくていいらしいから、いいよね』って書いてあって。陛下からは『もういらないからやる。戦時中に消失したことにしとく』って……」

「テキトーですね、どちらとも」

「そうですね。でも、使っているんですから僕もテキトーなんでしょうね」

「もう拘《こだわ》らないんですか？」

「最初は悩《なや》んだんですけどね。あの戦いで僕の意地は通せたから、これ以上はちょっと大人げないかなって」

「あれば便利なのは事実なんですから」

「それもそうですね」

あの戦いでレイフォンが天剣《てんけん》を使わなかったのは、戦いの外側に置かれた人間の意地のようなものだった。

戦いそのものが終わっているのに、いまだにその意地だけを張りっぱなしにしておくのは、あまりに不毛だ。

「………」

「実際、役に立っているようですし」

「ええと……すいません」

「なにに謝っているんですか？」

「いや、怒《おこ》ってるみたいなんで」

「なにに怒っているかわかっていて、謝っているんですか？」

「うう……」

「ふん」

弱り切ったレイフォンを見てフェリは鼻をならす。

「……本当は、わたしだって」

「え？」

「本当は、わたしだって心から喜びたいですよ。泣きたいぐらいです」

「…………」

「でも、それはできません。だって、ここでの再会がなにも繋《つな》がらないってわかっていますから」

「それは……」

「行くのでしょう？」

「…………」

「あなたは行くんです。あの子の旅を終わらせるために、また旅立っていくんです」

フェリの言葉を、レイフォンは否定しない。

目を背《そむ》けるなら、まだかわいげがあったかもしれない。

だけどレイフォンは、フェリから目を離《はな》さなかった。

「ニーナ病なんかじゃない。あなたは、それがあなたなんだとわかってしまっているから」

「フェリ……」

「困っている人を見捨てられなくて、それで、自分の力でなんとかできるなら、なんとかしたい。そう考えて、そう行動することを、もうあなたは止めない」

「フェリ……」

「もう、あなたはツェルニにいる必要はない。あなたは自分がしたいことを見つけている。それに従えばいい。あなたを求める人はこれからもたくさん現れるに決まっている」

「フェリ……」

「これから、この世界はどんどん変わる。汚染《おせん》物質はなくなって、都市外の開拓《かいたく》は進んでいって、世界は変わっていって……その変化の軋轢《あつれき》の中で、あなたの力を求める声はどこからでも聞こえてくる。嫌《いや》なことだってあるかもしれないけど、あなたはきっと、自分が正しいと思ったことをやりきってしまう」

だってそれが、レイフォンだから。

「フェリ……」

「あなたはそうやって、一人で大きくなっていけばいい。一人で自分が信じる自分を貫《つらぬ》けばいい」

「フェリっ！」

震《ふる》えるフェリに、レイフォンが手を伸《の》ばす。

肩《かた》を支えるかのように伸ばされたその手を、フェリは摑《つか》みかえす。

両方の手で、愛《いと》しいものを優《やさ》しく包み込む。わたしは見てきた。わたしは止めなかった。あなたがそうなっていくのが、わたしはうれしかったから」

「……そうなっていくあなたの背中を、わたしは見てきた。わたしは止めなかった。あな

その手に頰《ほお》を当てる。

武芸者らしい硬《かた》い手だ。

この硬い手に何度も抱《だ》き留められて、フェリは戦場を疾走《はし》った。

だが、そんな日は、もう二度と来ないのか。

「あなたがやろうとすること、わたしには止められないから」

溢《あふ》れそうになる涙《なみだ》を見られたくなくて、フェリは彼を振《ふ》り切って自室へと走った。

†

怒られることは覚悟《かくご》していた。

「あーあ、泣かしちまった」

だけど、あんな反応をされるとは思っていなかった。

呆然《ぼうぜん》と振り返ると、そこにはアルトとワイトアップがいた。ワイトアップというのは放《ほう》

浪《ろう》バスの運転手だ。

いつでもどこでもサングラスとニコチンを愛するこの男は、いまも紙煙草《たばこ》を銜《くわ》えている。

マッチを取りだしたところでアルトがさっと動いて奪《うば》い去った。

「ここは禁煙《きんえん》」

「ちっ」

舌打つワイトアップを無視してアルトがレイフォンに近づいてくる。

その動きは、とてもぎこちなかった。

「その……ごめんな。あたしのために」

「いいんだよ。それは僕が決めたんだから」

アルトを守り、彼女が向かうべき場所まで届ける。

それはもう約束したことだ。

「でも、レイはほんとは、ここに帰る気だったんだろ？　その、さっきの人が待ってるから……」

「…………」

「だったら、やっぱりここに残るべきだよ！　あたしのことはいいからさ！　これでも、いままではなんとかなったんだから！」

「んなわけにいくかよ」

努めて明るく言おうとしたアルトの努力をワイトアップが切り捨てる。

「ルートファントムの連中に気付かれてんだ。おれたちだけで逃《に》げ切れると思ってんのかよ。おめ、あれだよ？　おれはただの運転手のおっさんだよ？　荒事《あらごと》なんかできるわけないの知ってるだろ」

「でも！」

「レイみたいな腕《うで》っこきの武芸者は絶対必要なんだよ。ただでさえいま、オーロラ粒子《りゅうし》の漏《ろう》えい量が減少して武芸者の能力が下がってんだ。レイみたいな武芸者、そこら辺にごろごろしてると思うなよ」

「う〜〜〜」

「いいか、アルト。おれは運転しかできないおっさんだけどよ。おめぇをどうしてもエルハルド・ゲートに連れて行かなきゃならねぇんだ。そのためならなんだって利用するぜ。若者の人生だって変えちゃうぜ」

「わ、ワイトアップ」

サングラスの隙間《すきま》から覗《のぞ》く運転手の覚悟に、小さなアルトは息を呑《の》む。

「いいんだよ、アルト」

「れ、レイ〜〜〜」

胸を貫いた痛みで、まだろくに考えがまとまらない。

だけど、これでいいはずだ。

ちゃんと、フェリの顔が見られたのだから。

「あ～それとよ」

そんなレイフォンを見てなにかを思ったのか、あるいは最初から言う気だったのにそのタイミングがなかったのか、ワイトアップはとても言いにくそうに言葉を挟《はさ》み込んでくる。

「まだ、勘違《かんちが》いするにははやいかもしれないぜ」

「え？」

†

出発の日を報《しら》されたのは二日後だった。

はやい出発だ。フェリがぶっ壊《こわ》してやった放浪バスは、ツェルニの地下格納庫にあった廃車《はいしゃ》を数台利用して、あの運転手が瞬《また》く間《ま》に修理したのだという。

その技倆《ぎりょう》はツェルニの技術者志願の学生たちが『神が来た』と騒《さわ》いだほどだという。

そんなことはどうでもいい。

出発の日時を教えてくれたのはメイシェンだった。訓練が終わって帰ってきたところで、店にいた彼女が教えてくれた。

「そうですか」とだけ返事して、自室へと向かう。見送るメイシェンの心配げな視線が重たかった。

どうせいなくなるのなら、知らないうちに消えてくれればいいのだ。

そんなことを考えながら階段を上る。

様々な可能性を考えた。

様々な選択肢《せんたくし》を想定した。

だが、それらは結局のところ、二つの道をどう歩くかということでしかない。

「はぁ……」

このまま、流れるままに、選択の余地もなく片方の道を歩くことになるのか。

そう考えると、ジリジリとしたものが胸を焼く。

だが、フェリがどう足掻《あが》いたところで……

そこまで考えて、フェリは自室の扉《とびら》を開けた。

油断といえば、油断だろう。

この時のフェリは、周囲に気をつけるということはまるでしていなかった。

扉を開けたとともに聞こえたのは、自分のものではない物音だ。

ゴソゴソと、なにかを漁《あさ》る音が奥から聞こえてくる。

その音に気付いたフェリは、その場で身を固めた。奥にあるのは寝室《しんしつ》だ。

泥棒《どろぼう》？

しかもいるのは寝室だ。

そこにはクローゼットもある。

ならば、泥棒の目的は……

「急いで」

「あ、あった。これとかどうかな、ピンク」

「い、色とかわかんないから。なんでもいいから急いで」

「うおっ、黒まである。大人、おっとなー。よしよし、これもいれとこ」

「だから、なんでもいいから、はやく」

「あ、でもワイトアップが『いざとなったら男は純白一択』って言ってた。やっぱ白だよね？」

「そういうのはいいから！」

どうやら、ひっそりとやる気はないようだ。

鋼金鋼《ダイト》を復元し、念威《ねんい》端子《たんし》を寝室の扉に集結させる。外にももちろん回す。いざとなれば建物ごと焼き払《はら》ってくれる。

「変態・即《そく》・殺《さつ》」

その決意で、フェリは寝室のドアを開けた。

声からして、すでに誰《だれ》がいるかはわかっていた。

開いたドアと、そこに立つフェリに、不埒者《ふらちもの》たちの動きが止まる。

「さて……死ぬ前に言い訳してもらいましょうか」

そこにいたのは、レイフォンと、アルトという女の子だった。

「どういうつもりなんですか?」

「ええと……」

「なんです?」

「夜逃《よに》げの準備を」

「は?」

「で、あたしが下着担当!」

アルトが元気に手を挙げる。

「レイが、下着を触《さわ》るのはちょっとって言うから、だからってワイトアップに触らせたらそれこそ犯罪だから、あたしが代理でやってきました!」

「そうですか。よくはわかりませんが、それは評価しましょう」

「えへん！」

「それで、夜逃げ？」

レイフォンたちが旅立つのは聞いた。

だがそれは、夜逃げではない。

ちゃんとした出発だ。

それなのに、どうして夜逃げという？

「フェリ」

レイフォンが呼びかけてきた。

一転してまじめな顔で、フェリを見つめる。

「フェリも行こう」

「え？」

「考えたんだ。ほんとはフェリが一緒《いっしょ》に行くって言ってくれたら一番良かったんだけど、フェリは言ってくれそうにないから」

「………」

「それなら、フェリはツェルニに残る方が幸せかなって思ったんだけど……」

それは違う。

言葉に仕掛《しか》けて、呑み込んだ。

それは違う。ツェルニに残ることがフェリの幸せではない。

フェリの幸せは……

「フェリが幸せな方が僕だってもちろんいい。だけど……だけど……」

はやく、はやくその言葉を……

喉《のど》の奥がぎゅっと締《し》まって、なにも言えなくなる。

ずっとその言葉が聞きたかった。

ずっと心が渇《かわ》いていた。

なにを見たって、なにをしていたってつまらなかった。

レイフォンが帰ってくる日を待ち続けて都市中に念威端子《ねんいたんし》をばら撒《ま》いて音を拾い続けた。

レイフォンの影《かげ》を追いかけて都市の外に念威を放ち続けた。

無為《むい》を報せる情報の海で溺《おぼ》れていた。

ただそれだけの日々が幸せだったはずがない。

わたしの幸せは目の前にある。

わたしの幸福はそこにある。

だから、お願い。

「僕は、フェリがいてくれた方が、もっと僕らしくなれるんだ」

その言葉を、わたしにください。

「はい」

体は勝手に動いていた。

気持ちはもう決まっていた。

「フェ、フェリ……」

彼の胸に飛び込み、フェリは涙《なみだ》を流す。

ずっと、こうしたかったのだ。

「……レイフォン」

「はい？」

「こういうときは、駆《か》け落ちって言うんです」

「…………あ」

「…………あ」

レイフォンとアルトが顔を見合わせる。

「そうだそうだ。なんか変だと思ってたんだ。もう、レイはちゃんと勉強してるのか」

「ご、ごめん」

「まぁいいや、そうと決まったらすぐに、ええと、駆け落ちの準備だ。お姉ちゃん、下着はこれでいいの」

「待ちなさい」

再びクローゼットを荒《あら》そうとするアルトを止め、フェリは二人をリビングに連れてきた。

「これです」

ソファの前に堂々と置かれていたものを示す。

「あ」

「あ」

再び、二人揃《そろ》って同じような声を零《こぼ》した。

そこにあるのはトランクケースだった。

「なんだ、お姉ちゃん、もう用意してたんだ」

「わたしだって、この未来は期待していましたから」

そう言って、レイフォンを見る。彼の顔は真っ赤になっていた。

「それで、下着は特選のものばかりなの？」
「なぜそこに拘《こだわ》るの？」

†

二人は、フェリの部屋の窓から侵入《しんにゅう》したようだった。
しかし出るときにはちゃんと正面から出た。
トランクケースを持ってレイフォンに付き添《そ》うフェリに、メイシェンが目を丸くする。
しかしすぐに、優《やさ》しい笑《え》みを浮《う》かべて手を振《ふ》ってくれた。
レイフォンの隣《となり》を歩く。アルトは少し先を跳《は》ねるように進んでいる。
手を繋《つな》いだのは、ごく自然だった。
「ありがとう、フェリ」
「どういたしまして」
トランクケースをレイフォンが取る。視線が合わさる。
レイフォンが、少し驚《おどろ》いた顔をしてフェリを見た。
自分でも顔が温かいと思った。
ああ、いま、わたしは笑っているんだな。

そう思えば、心が軽かった。

あとがき

二十四巻の終わり。

雨木《あまぎ》シュウスケです。

本編はこれにて終了です。


さてさて、第一巻を見てみると、『鋼殻《こうかく》のレギオス』は平成十八年にスタートしました。

そして今年は平成二十五年。

なんとまぁ、七年も続きました。

同業者の人と会うと「いつ終わるの？」「もうすぐ」とか、そんな会話をしていたのですが、たぶん、そんな会話をし始めてからでも三年ぐらい経《た》っているような気がします。

終わる終わる詐欺《さぎ》です。

でもまぁ終わったので詐欺ではないですね。


さてさて……

実は書き終えて二週間くらいは過ぎているので、やや冷静になっています。

しかし、原稿をチェックするとやはりちょっとグッと来ます。

ちょっとな、ちょっと。

今巻の内容についてあれこれ語るのは、あとがきを先に読む派の人たちを考慮《こうりょ》していつも通りに語らないとして……

となると相変わらず語ることがない。

それなら、今巻ではないレギオスのことでも。

思い返せばスタート前の平成十七年、デビュー作が終わったのに次の作品が決まってないというグダグダな状況の中で初代担当さんとすったもんだした末に誕生したのがこの『鋼殻のレギオス』でした。

レイフォンの名前が当初はレイトだったり、ニーナが初期設定では実はツンデレと書かれていただとか、そんな設定は一巻を書いている途中からすでに「あ、これ無理」と判断しただとかそんなことが思い出されます。

バトルで思い出深いのはあれですね。対ハイア戦と、対サヴァリス戦がそうですね。

対ハイア戦は剣術物を意識してやったつもりです。対サヴァリス戦は、ハイア戦とは逆の方向でがんばってみました。

あとはアルシェイラの「BANG」とかリンテンスのツェルニ戦参戦シーンとか。

中間決算？　なんかそんな意味的な感じで十四巻がありますが、気張りすぎて記憶が抜け落ちてる気がする。

短編に関しては、本当に好きにやらせてもらいました。本編ではおざなりになりがちな学園生活を重点的にやろうということであんな感じになりました。おかげでエド&エーリというお気に入りも誕生しました。

あの二人は多次元的な意味で幸せになることでしょう。ああ、窓に、窓に、とかそんな感じで。

書籍《しょせき》もやりました。あれのおかげで設定も話もややこしくなった。

……いや、ほんとすいませんでした。しかし、アイレインとサヤのカップルも好きだし、ディックも好きです。聖戦2のレアンとかもけっこう気に入ってるんですよね。

カップルという意味では、さきほどのエド&エーリもそうだし、シャーニッドとダルシエナとか、ゴルネオとシャンテとか、リヴァース&カウンティアとか……なんかまぁ、色々といましたねぇ。よくもまぁこんなにカップルを書いたもんです。自分でも感心します。

『謝辞《しゃじ》』

雨木を拾い上げて本作を立ち上げるために尽力してくださったT木様、アニメ企画からのN村様、T木様の後を引き継いでくださったケイティ様、なんかもういろいろとご迷惑をおかけしたと思いますが、これからもおかけします。ありがとうございました。

イラストの深遊《みゆう》様、この絵がなければレギオスは成り立たなかったと思います。

アニメを制作された川崎逸朗《かわさきいつろう》監督、ZEXCS様、声優の皆様、コミックに関わった清《きよ》瀬《せ》のどか様、双葉《ふたば》ますみ様、渡里《わたり》様、児童書の川村ひであき様、雨木とは違うレギオスを堪能《たんのう》させていただきました。

もちろん、それ以外にも、ここで名前を出し切れないぐらいにたくさんの方々に支えられて『鋼殻のレギオス』は続いて来ました。

全《すべ》ての方々に最大限の感謝を。

もちろん、レギオスが終わっても雨木が作家をやめるわけではないので、次の機会でもよろしくお願いします。

『目指せ次の機会』

そういうわけで次の機会です。

今巻ラストのレイフォンに負けないくらいに雨木も次へと進まねばならんのですよ。

なので新作です。

九月に新作『ドラグリミット・ファンタジア（仮）』を予定しています。あいもかわらずバリバリにバトルるので、そういうのが大好きな皆さん、よろしくお願いします。エロもあるよ（たぶんね）。

さてさて、その他にも実は他社でも仕事させてもらいました。九月か十月くらいに講談社ラノベ文庫で『七曲《ななまがり》ナナミの斜めな事情』というのを出しますのでそちらもよろしくお願いします。

さらに年末辺りにもう一つくらい出せてるかもしれませんが、そっちはちょっと毛色が違うかも？　どうかな？　わからん。

そんな感じです。

『次巻予告』

実はもう一冊ある！

ただし、未収録短編と中編です。

中編は後日譚《ごじつたん》です。ただし、思いっきりはっちゃけるつもりです。普通にあいつらがでてくると思うなよ？

そんな感じで、よろしくお願いします。

それでは、本当のさよならは次に持ち越しつつ、『鋼殻のレギオス』は一旦、閉幕です。

これまで応援してくれた皆様、ありがとうございました。

雨木シュウスケ

長編完結
お疲れ様でした!!
レギオスという作品を通して
希有な体験を沢山
させて頂いたように思います。
雨木先生、関係者の皆様
そして読者の皆様には
本当に感謝です。
残り一冊、最後まで
お付き合い頂ければ幸いです。
2013.5. 深遊

雨木さん、深遊さん、完結おめでとうございます。シリーズで30巻を超える長い執筆活動の日々、本当にお疲れ様でした。

本編の原稿の最後を読ませて頂いたときの驚愕狂喜ったらありませんでした。一体いつから、雨木さんはこのラストを思い描いていらっしゃったのか。お酒でも飲みながらお話しさせて頂きたい気分です。

MISSING MAILではあと2話くらい、フェリとレイフォンのラブラブエピソードを入れたかったのですが、既に30%増しの厚さにして頂いていたのでそれも叶わず、この原稿を描けると知ってから、どんなふたりを描こうかと、ドキドキしながら楽しみにしていました。

レイフォン達の活躍をずっと追ってこられた読者の皆様と、共にシリーズの完結を祝えることがとてもうれしいです。

ありがとうございました。みんな、大好きです。

そして、フェリ万歳！

201305　清瀬のどか

Thanks!
NODoka kiyose 2013.

祝★完結
おつかれ
です!!
大勝利っ!
わたし
大勝利っ!
難攻不落拒絶フラフラ男
フォンフォンのハートを
とうとうゲットできました
♪～
これで名実共に
私がメインヒロイン
決定です
超絶フラフラ男って…
おおっと…
思わず本編ではレアすぎる
勝ち組の笑顔を
見せてしまいました
フェリ
フェリ
雨木先生
深遊先生
本当に
お疲れ様です
キモッ…!
フェリ
『鋼殻のレギオスの４コマ　フェリの詩』でおなじみ
レギオス界の問題児（!?）
双葉ますみ

ぺ～ラぺ～ラ
ぺ～ラ!!
（オツカレサマ!!）
ご両人
最終巻でも申し訳程度の活躍
お疲れ様です
酷いな
フェリちゃん!
確かに裏方だったけど
最終ミッションで
そこそこ活躍してたよ!
そうでしたっけ?
ウフフ（勝ち組の笑み）
…ボクは
最終巻に
出番があっただけで満足さ
満足さ
ツナギさん…
（名前は忘れた）

お便りはこちらまで

〒一〇二―八一四四
富士見書房　富士見ファンタジア文庫編集部　気付
雨木シュウスケ（様）宛
深遊（様）宛

富士見ファンタジア文庫

鋼殻《こうかく》のレギオス24

ライフ・イズ・グッド・バイ

平成25年6月25日　初版発行

著者――雨木《あまぎ》シュウスケ

発行者――山下直久

発行所――富士見書房
〒102-8144
東京都千代田区富士見1-12-14
http://www.fujimishobo.co.jp
電話　営業　03(3238)8702
　　　編集　03(3238)8585

印刷所――旭印刷
製本所――本間製本

ISBN978-4-8291-3897-7 C0193

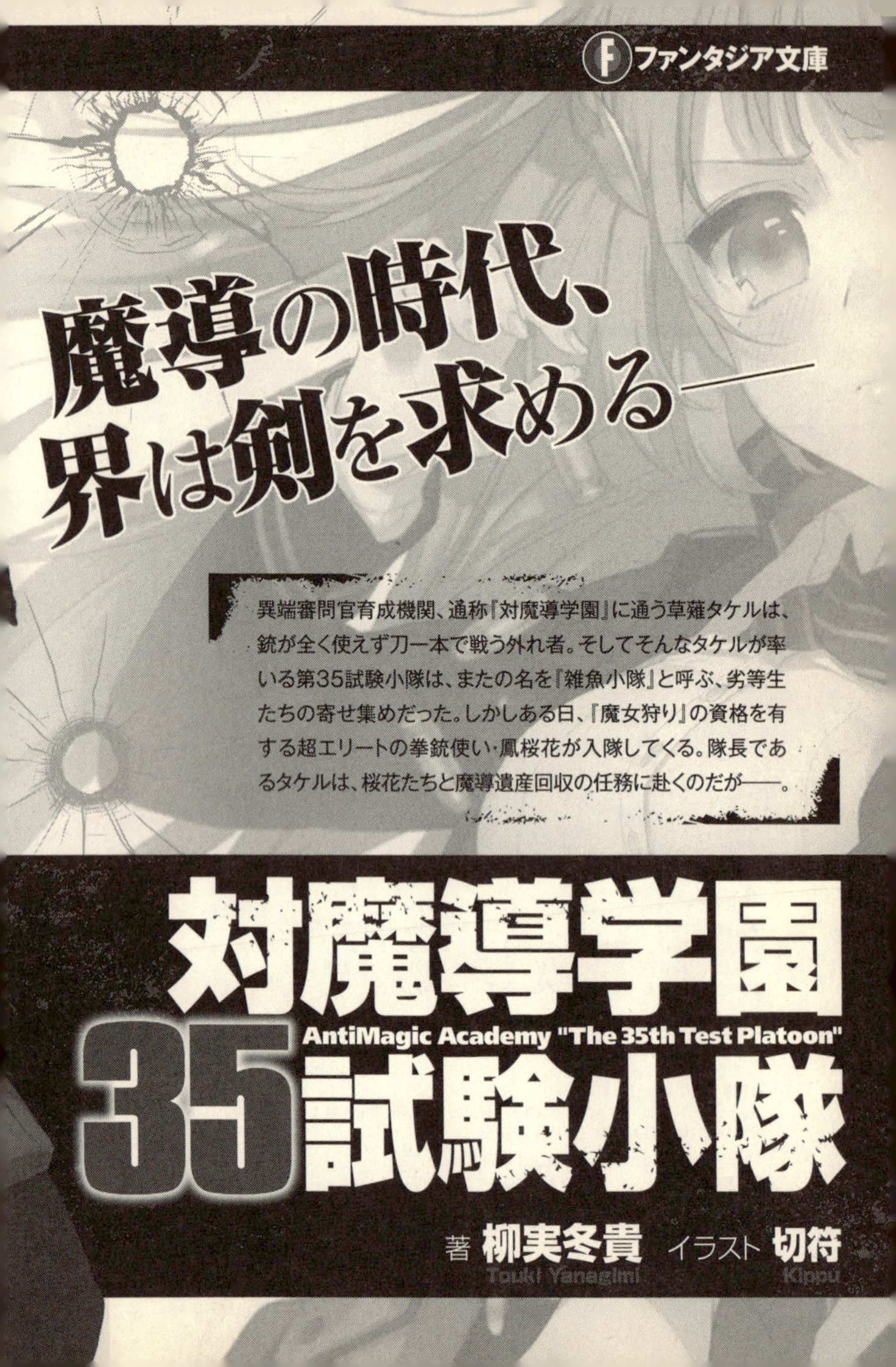
ファンタジア文庫
魔導の時代、
界は剣を求める――
異端審問官育成機関、通称『対魔導学園』に通う草薙タケルは、銃が全く使えず刀一本で戦う外れ者。そしてそんなタケルが率いる第35試験小隊は、またの名を『雑魚小隊』と呼ぶ、劣等生たちの寄せ集めだった。しかしある日、『魔女狩り』の資格を有する超エリートの拳銃使い・鳳桜花が入隊してくる。隊長であるタケルは、桜花たちと魔導遺産回収の任務に赴くのだが――。
対魔導学園35試験小隊
AntiMagic Academy "The 35th Test Platoon"
著 柳実冬貴 Touki Yanagimi
イラスト 切符 Kippu

1～4巻好評発売中!
終わりゆく
再び世
魔導を砕く、銃と剣のファンタジー

戦いの中に救いを求める壊れた少年は、
記憶をなくした迷子の少女と出会い――
世界を、自分を再生する。

未曾有の大災害によって一度、崩壊した世界。大陸は海に沈み、人類は潜水都市で暮らし、残留体という謎の敵の脅威にさらされながらも生き延びていた。過去の事件によって、普通の高校生として当たり前の日常を過ごすことを拒絶する少年、風峰橙矢。想像を現実のものとする奇跡の力――思考昇華を振るい、残留体との戦いに救いを見いだそうとする壊れた少年。
「あたしを拾ってくれてありがとう」 そして記憶喪失の無垢な少女。二人の出会いが、世界を再生させる！ 第24回ファンタジア大賞<大賞>&<読者賞>受賞作。

イムシフト

ファンタジア文庫

①～②巻好評発売中！
第24回
ファンタジア大賞
大賞&読者賞受賞作
著：武葉コウ　イラスト：ntny
Paradigm shift of the regeneration
再生のパラダ

ファンタジア大賞
原稿募集中!
通期
大賞 300万円
準大賞 100万円
各期
金賞 30万円
銀賞 20万円
読者賞 10万円
第26回締め切り
冬期 締め切りました
夏期 2013年8月末日
※紙での受け付けは終了しました
最終選考委員
葵せきな(生徒会の一存)
あざの耕平(東京レイヴンズ)
雨木シュウスケ(鋼殻のレギオス)
ファンタジア文庫編集長
★大賞&準大賞は
大賞決定戦
で決定!
歴史を変える傑作求む!
応募作品評価シート
※画像はサンプルです
イラスト/つなこ
投稿も、速報もココから!➡ ファンタジア大賞WEBサイト
オンライン投稿で「デート・ア・ライブ」に続く人気作を目指せ! 一次通過作品には10段階評価表をバックします
http://www.fantasiataisho.com